庫JA

言壺

神林長平

早川書房

6880

目次

言壺

綺
文

Kibun

おれが書きたい文は、こうだった。
『私を生んだのは姉だった。姉は私をかわいがってくれた。姉にとって私は大切な息子であり、ただ一人の弟だった』
これが、どうしても書きあらわせない。ワーカムの文章作成支援部が受けつけてくれない。〝姉〟が〝母〟に、〝弟〟と書きたいのに〝子供〟と自動修正されてディスプレイに表示される。
ワーカムの動作モードを文章校正モードにして修正された部分を再修正してやると、
《意味がとおらない》、
と表示してくる。〝姉〟と〝弟〟の表示が点滅している。それを無視して実行キーを押すと、ワーカムが画面で問う。

《姉、弟、は固有名か？》

　キーをたたくのが面倒で、音声入出力モードにして「違う」と言ってやる。

〈それではこの文章は意味をなさない〉とワーカムが言う。

「おまえは役人か」

〈わたしはワーカム・モデル９０００に搭載された文章作成支援機能である〉

「石頭だ」

〈それは罵倒語だ〉

「だから、どうだというんだ」

〈支援を拒否する〉

「まてよ、悪かった」

〈姉、弟、は固有名か〉

「違うんだ。そのままでいい」

〈正しい文章にならない。誤りである〉

「おまえの責任じゃない。いいから、そのまま文を承認しろ」

〈誤りを承認することはできない〉

「なぜ」

〈誤りを認めては、わたしの存在意義がなくなる〉

「ぶっ壊す」

ディスプレイ上の表示がすべて消える。入力拒否だ。機械の機嫌をそこねてしまうと、商売にならない。これなら昔の馬鹿なワープロのほうがましだ。

ワークカムを再起動し、映話モードにする。

「古屋唯に映話」

〈深夜一時すぎだ〉

「かけろ」

十七秒でつながる。古屋が出た。

「なんだいまごろ……解良か」

「おまえがすすめてくれたワークカム、これだよこれ」とおれは、ワークカム本体をたたき、

「こいつ、よくないぜ」

「どこが。最新のマシンだ……バグってるか?」

「うまく文が入らない。入らないから出てこない。修理してくれ」

「おれ、サラリーマン、おまえ自由業……おれにはあしたがある。切るぞ」

「たのむよ。これなしでは仕事ができないんだ」

「手で書けよ」

「趣味でやってるんじゃないんだぜ。ワーカムに載らない文では飯が食えないよ。昔とは違うんだ」

「本を出せる作家になりゃいい……言語ネットワーク専用作家より尊敬される。もっと頭のいいマシンも買えるさ」

「本にするときもワーカムの世話になるんだろう」

「だろうな。活字にするなら、それなしでは本にならないと思う。出版分野は、よく知らんが……手書きのままでは本にならん」

「では、おれの書きたいのは、だめだ。ワーカムに拒否される」

「……方法はある」

「どうやるんだ」

「絵本にしろ。手書きのおまえの生原稿を、絵として印刷すりゃあいいんだ」

「そんなみっともないことができるか。活字にしたいんだ。おれは絵描きじゃない」

「どうしろというんだよ……わけがわからんな。故障してるならメーカーに言えよ」

「おまえがメーカーじゃないか」

「サービスマンじゃない。技術屋だ。ハードのほう。専門はワーカムじゃない。ロボットの開発だ……切るぞ」

「ロボットったって、肩たたきポン太くんとか、おもちゃじゃないか」

「遊び心のないやつは創造性に欠ける。よくそんなんで作家をやってられるな」

「だまれ——いや、悪かった。頼りにしてるんだ。この時間にはサポートセンターは閉まってる」

「高くつくぞ。時間外サービスだ」

「恩にきるよ」

「単純ミスだったら、絶交だ」

「絶好だ？　なにが絶好なもんか——絶交か。そうか。わかった」

「わけがわからん。取説をもう一度みろよ。ヘルプ機能を使え」

「トリセツってなんだ」

「取扱説明画面……話にならん。十分で行く。ビールはあるか」

「ビールしかない」

「上等だ」

古屋が映話を切った。ワークカムが待機モードにもどる。

ワークカムは便利なマシンだ。ありがたさがわからないくらいに便利だから、こいつに拒否されると、親から「実はおまえはわたしの本当の子ではないんだ」などと言われた気分になる。このマシンのない家は、おれの知っているかぎりでは、ない。ワークカムはワークステーションであり、テレビでもありラジオでもあり、電送新聞でもあり、雑誌でもあり、外界に通じる窓のようなものだ。どんな情報ネットワークにもアクセスできる。回線から独立させてワープロとしても使える。人工知能の出来のよさは、おれが子供のころに使ったワープロの比ではなかった。こいつは、おれよりうまい文章を書ける気でいる。くそったれめ。

冷蔵庫はビール庫と化している。一缶をとり、ワーカムでKAMWOOD（カムウッド）をコール。カムウッドは文芸通信出版社のひとつ、おれが書いてるところでもある。新作メニューを出したが、読みたいようなものはなかった。読む気になれない。ベテラン作家の作品があった。本から電送版になったやつだ。おれが書いたもので本になったのは一つもない。

おれが書いてるのは小説だが、本にならないのだから、電説とでもいえる。KAMWOODのような文芸通信出版社に、ワーカムで書いたものを送る。電気信号として送る。コンピュータに感じられるだけの記号として出版社に納められる。客がおれの新作を選んで買ってくれれば、そこでようやく文字になり、小説になる。読者がハードコピーをとらず画面を読むだけなら、回線を切ればもはやおれの書いたものは消えてしまう。ありがたいファンならプリンターでハードコピーをとり、製本して保存してくれるかもしれない。だがよほどの物好きでもなければ、やらないだろう。コストも収納スペースもかかる。読んだらスイッチを切る。もしまた読みたければもう一度ワーカムで文芸ネットワークを呼び出せばいいのだ。つかのまラブロマンスの主人公気分を味わい、竜を退治する。おれが書いてきたのはそういうものだ。

　通信出版社との著作電送使用権は三年だが、出版社のほうはこれでも長すぎると思っているだろう。読み手がつかないと契約は切れる。出版社のマスターファイルからおれの作品は一瞬にクリア、消滅するというわけだ。もちろんおれは自分の作品をオリジナルファイルとしてもっているし、ハードコピーもとってある。いつか本になる日を夢みて、しかし、甘い夢だ。ハードコピー版、つまり本でも売れるものなら、出版社は最初から本で出す。それから電送版になるというのが普通だ。逆はまずない。いってみれば昔のハードカバー版と文庫版の関係だ。昔の作家はよかった。とにかく出版社に売れればどんな形であれ、本になった。自分で手にとることができる。どんなにかしあわせな気分だろう。おれは過去の作家がうらやましくてならない。

　通信出版社の考えもわからないでもない。

　せっかくワーカム通信機能を使用しながら、出力されるのが文字だけというのは、いかにも地味だ。主流は、受け手も話に参加できるニューロベルスだ。映像も音もあるし、話の筋も一様ではない。複数の専門家が共同で創作することが多いが、一人でやる天才もいる。おれはニューロベルスのシナリオの仕事をやってきたが、五年前に小説一本にした。言葉だけで勝負したかった。言葉だけの世界はイメージが固定されない。人間の想像力を刺激する。本がこの世からなくならないのは、電送ニューロベルスとはまったく違う世界があるからだ。それを楽しめる人間が昔より少なくなっているのは確かだろう。脳みその構造が変化しているに違いない。最近の子供たちは字がうまく書けないそうだ。指が不器用になったせいもあるが、やはり頭の構造が違うらしい。読むことはできるだろうと思っていたが最近のニュースでは、子供たちは手書き文字が読めないという。信じられないが本当らしい。そのかわりキーボードやボタン操作はうまくやる。小指の長さが他の指に対して、二十年前の子供より長くなっているそうだ。二十年前の子供といえば、おれのことだ。おれは古い人間か。自分が旧型モデルになったようで、面白くない。

一缶を空にしたところで古屋がやってきた。トレーナーパジャマにワークジャケットを着ている。同じマンションの住人だった。酔っぱらったらおれのベッドで寝るつもりか、すぐ引き返して夢のつづきをみる気でいるのか、どっちでもいいような姿だ。古屋のやることはいつも合理的で無駄がない。技術屋のせいかもしれない。子供のときからそうだった。メカニズムとエレクトロニクスが好きだった。幼なじみだ。

「ビール片手に稼いでるとは、いい身分だ」

「ワーカムを直してくれたら、みんなやる」

「いつもながら、同じ間取の室とは思えないな」

古屋の室は狭い。同じワンルームだが、おれはロボット人形を床にばらまいておく趣味はない。古屋はレーザ測距機をもちこんで室の大きさを比べたことがある。彼の部屋のほうが広かった。ほんの数ミリだったが。

「殺風景な部屋だ」ビールを手にして、古屋はぶるりと身震いした。「人間味がない。もう少し物を置いたらどうだ」

「自走掃除ロボットとか？　まにあってるよ」

「極秘だが、新機種を開発中なんだ。かわいいデザインで売ろうと思っている」

「子熊のぬいぐるみが箒（ほうき）を持って踊るのか」

「それ、いいな」

「どういう感覚だ。おまえのところの開発スタッフの精神年齢はいくつなんだ」

「頭はやわらかいほうがいい。物の形も、考え方もさ。楽しいほうがいいに決まってる。ビジネス用マシンとなると、くそまじめに設計するやつがいる。仕事も遊びながらやれるのが最高だ。ところが、苦しまないといけないと考えているやつがいる。そういうやつは、他人が遊んでいるのが気にくわない。もっと真面目にやれという思いをこめてマシンを設計する。こいつはよくない。効率が悪い。そんなマシンを使うと、これを造ったやつはおれに恨みでもあるのか、という気になる」

「そう、そう。わかるぜ。いまのワーカムがそうなんだ」

「音声出力を女のにしたらどうだ。おまえはいいよな。遊びが即仕事なんだから」

「遊んでいるわけじゃない。思いどおりにいったためしがない」

「思いどおりにならんのも遊びのうちさ」

「おれはワーカムに遊ばれている気分だ。見てくれ」

ワーカムの文章作成支援機能をオン。

入力したおれの文が出る。

古屋が声に出して読んだ。「私を生んだのは母だった。母は私をかわいがってくれた。母にとって私は大切な息子であり、ただ一人の子供だった」画面から目をおれに移して、「ちゃんと出力されているじゃないか。プリントアウトできないのか？　通信モードがいかれたのか——」

「違う。正しく入力できないんだ。その文はワーカムが修正したやつだ。へんだと思わないか？」

「べつに……あまり名文だとは思わんが」

「あたりまえだ。『私を生んだのは姉だった』が正しいんだ。母、ならばそんな文は書く必然性がぜんぜんない。母親が子を生むのは当然だからな」

「……フム」

「どうしても入力できない。どうやっても、この悪文に修正される。修正するなと言うと、それでは自分の存在価値がないとかわめいて作動停止になる」

「それは……ワーカムのほうが正しいと思うけどな。故障とはいえないだろう。だって、おまえの書こうという文は、間違ってるよ」

「どこが？　文法がおかしいか？」

「意味不明じゃないか」

「頭をひねれば通じるさ。たとえば〝私〟は、〝姉〟と〝母〟の遺伝子をもつ卵子を〝姉〟の子宮に移植して、産まれた、とか」

「じゃあ、そう書けばいい。それならワーカムも納得するかもしれない。これでは言葉が足りない」

「おれが書きたいのは、そういうことじゃないんだ。姉と母親の遺伝子を混ぜあわせたんじゃなく、言葉どおり、文字どおり、『私を生んだのは姉だった』という文章、そういう言語空間なんだ。異次元の言語世界なんだ。おれたちの通常の言語空間で理解しようとすると、こちらの言語空間が崩壊していくような、その気分にさせる、小説なんだ。ちゃんと読むことはできる、現実世界ととてもよく似ている、が、単語一つが異質なために、理解しようとすると、頭の中の言語中枢が役に立たなくなる、そういうものだ」

「わからんが、面白そうではあるな。役に立たなくなる、というのはよい。かわいく仕上げるといい。でないと売れない。だれも読まん」

「書く価値はある。そう思うだろう」

「小説はよく知らんから、なんとも言えんな……小説のおもちゃみたいなものかもしれんな。本物じゃないが、面白い、というやつだ」

「本物だ。シリアスだ。傑作だ。新しい小説だ。書ければ、のはなしだが」

「遊びでやるんじゃなければ、気が狂った文章だろう。あまりシリアスにならんほうがいいと思うな。でないと発表できても無視されるか、仕事の注文がこなくなるか、頭を疑われるのがおちだ」

「本にしたいんだ。電送メディアではなく。電送では、受信読者のワーカムが、そいつが信じている正しい文に勝手に書き換えてしまうおそれがある」

「おそれ、じゃなく実際そうだろう。いまだってそうだから」

「本なら、印刷した字が自動的に変化したりはしない」

「本か。それもむつかしいだろうな」

「王子さまとお姫さまが恋におちて、ハッピーエンド、という話はもうたくさんだ。それでは本にはならない」

「なにを焦っているんだよ」

古屋はジャケットから煙草を出した。くわえて吸うと、ぽっと火がつく。煙は出ない。

「焦っている？　おれが？」

「解良翔（しょう）といやあ、だれでも知ってる。知ってるやつは知っている。有名だ」

「おまえらしい慰め方だよ」

「吸うか?」

「やめたんだ。吸い殻が散らばるから」

「試作掃除ロボットを貸してやる」

「本にはならない。だけど絶対に、一冊くらいは、出したい。おれの、才能ではだめだ。いまのままの物語では、コンピュータ空間から外に出られない。スイッチを切れば絶版だ……新しい小説、新しい価値を見つけるしかないんだ。おれの能力の範囲内で」

「それが、こいつか」

画面を見つめて、わかったというように古屋はうなずいた。

「いけると思うか」

「文学はおれにはわからん。判断不能、というところだ。しかし、ワーカムに徹底的に拒否される文章というのは、初めてだ。この事実のほうが——この現象は、面白い」

事実のほうが、おれが書こうとしている小説よりよほど面白い。古屋らしい反応だとは思ったが、おれのほうはあまり面白い気分ではなかった。

古屋はくわえた煙草を床に投げ捨てて、上着を脱ぎ、ワーカム卓についた。おれは煙草をダストシュートに入れ、上着はハンガーにかけてやった。

「おまえ」と古屋は振り返った。「結婚したらどうだ。いい主夫になれるぜ」

「墓に入る気はないよ、まだ」

「結婚は人生の墓場ってか。先立たれたほうは地獄だよ――」

「思い出させて悪かった」

古屋は妻と死別している。かわいい女だった。自殺した。なにが原因か、おれにはわからない。わかりたくない。古屋も同じだろう。悔んでも、原因がわかっても、死者は還ってはこない。

「やってみるか」

ディスプレイ画面を見て、古屋が言う。妻の思い出を払うように。

「この〝母〟を〝姉〟にすればいいんだな」

「そうだ」

古屋は音声入力は使わず、キーボードをたたいた。おれもそうだが、仕事でワーカムを使うときは音声ではなく直接キー入力するほうが多い。古屋流に言えば、音声認識装置を介しての入力はノイズの混じる確率が高くなる。認識装置が命令語を誤解しやすいということだが、おれの場合は書いてる最中に、口述している途中で、機械に「もう一度言って下さい」などと口をはさまれるのは苛苛（いらいら）するし、入力語を訂正するのに「二行目十五字以下抹消」といちいち言うのはわずらわしい。命令語と入力語の区別をするための宣言語を決めておく必要もある。宣言語で訂正を実行させ再びもどるための宣言語もいる。宣言した後はキー操作でもやれるが、それなら全部キー入力したほうが早い。

画面に訂正文が出る。

『私を生んだのは姉だった』

すぐに〝姉〟の文字が点滅をはじめて、支援装置からのメッセージが出た。

《意味が通らない》

「フム」と古屋。「よくできてる支援知能だ。まともな反応だ」

「言ったろう、おれが書きたいのは——」

「わかってる。ワーカムにそう説明してもだめだったか」

「だめだからおまえを呼んだんだ。おまえのほうが利口だと信じてるからな」

「そいつはどうも」

《訂正の必要はない》と古屋はキーイン。

《〝姉〟は固有名か》とワーカム。

《そうだ》

「だめなんだよ」

「まてよ。興奮するなって。ようするに入力できればいいんだ。ほら」

画面。『私を生んだのは姉だった』

しかしメッセージ行にこう出る。

《〝姉〟という名はまぎらわしい。修正せよ》

《必要ない》
《再考せよ》
《姉、とする》
《では〝姉〟の字体を他と変え、注をつける》
《必要ない》
《再考せよ》
《再考の結果、訂正の必要は認めない。承認せよ》
《それでは読者が混乱する。正しい文とはいえない》
《かまわない》
《誤りを承認する機能はない。再入力せよ》
おれの書きたい文は画面から消却され、入力待ちのプロンプト記号が点滅する。
「だから言ったろう」ため息がでる。「どうやっても、だめなんだよ」
「すごいな……誤りを認める機能はない、ときた。こんなメッセージをワーカム上で見るのは初めてだ」古屋は笑った。「初体験だ」
「おれもだ。ワーカムの文章作成支援知能は、ひどい悪文を入力しても入力拒否したりはしない。そうとう馬鹿な文でも」
「わかるさ、そのくらいは、おれだって。ニューロベルスにもひでえ台詞（せりふ）が入ってるものな」

「禿げた頭がまずそうだった、とかな」

「どういう意味なんだ、それ」

「頭の様子を描写した文だろう。前後の文を読めばわかる。ワーカムはそうとうケチをつけたろうが……これが『禿げた頭はまずい』だとすんなり承認される。『まずい』は『よくない』とワーカムは理解するんだ。その文のあとで『まったくそいつの頭は食ってもまずいに違いない』とつづけてもワーカムは文句を言わない。ところがおれの——」

「姉はだめ、か。犬、ではどうかな」

『姉を生んだのは犬だった』

　ワーカムからのメッセージはない。なんの反応もなかった。

「なるほど。こいつは面白いや。〝犬〟にしたらどうだ？　面白い話になるぜ」

「それでは意味が通る。言語空間は揺らがない」

「ワーカムが拒否するのもわかるな。やはり誤りだよ、〝姉〟ではな。注釈をつけたらどうだ？　『母の部分を姉に変えて読んでみて下さい』とかさ」

「それではぶちこわしだ。観客に楽屋裏をみられるようなものだ。種をあかした手品になっちまう」

「妥協できない、か。気持ちはわかるけどな。いったいどこからそんな文を考えつくんだ？　めちゃくちゃな頭だな。敬服するよ」

「人間の言語中枢が、自動的に誤りは排除するんだろうな……幼児ならこんな文は言うかもしれない」

「外国語を習うときとか、な」古屋はワーカムの画面を見つめて腕組みをする。「こいつは子供や外人よりは日本語をよく理解しているわけだ」

「たたきつぶしてやりたいぜ」

「姉がおれを生んだ、なんて、子供でも言わないかもしれん」

「ワーカムの支援機能を設計したやつは、おれに恨みでもあるのか。だれだ、こんなものを造ったやつは」

「昔なら、プログラムを組んだやつを恨めばよかったろう。組んだやつの性格がプログラム上に出るからな。しかしこいつは、ニューロマシンだ。脳のニューロン構造をモデルにして造られたやつだ。自己プログラミング能力がある。学習機能があり自己修復や試行錯誤もやる。言葉を聞きとり、構文を組み上げる。言語習得装置があるんだ。設計した人間はもはや無関係だ」

「ＬＡＤ（言語習得装置）は人間の脳にもある。知ってるさ。装置、という語感は脳にはそぐわないが」

「人間にも、じゃないさ。人間を手本に造られたマシンだ。マシンにも、が正しい」

「おれは、人間のＬＡＤに刺激を与えたいんだ。ラブロマンを読めば、脳内の快楽中枢や神経が刺激されるだろう。おれは脳のその部分ではなく、言語中枢そのものを揺さぶってやりたいんだ」

「不快や不安が生じるかもしれんな。フランス語を習ってるときのことを思い出す」

「しかし同じじゃないだろう？」

「ああ。もっと奇妙だ。まともにつき合ったら、狂うかもしれん。でなきゃ、無視。書いたやつがおかしいんだと思われるだけだ。しかし、面白いことは面白い。ワーカムの反応は、防御反応かもしれん。おまえの文を承認したら、ワーカム自体がそれまで学習してきた言語体系が狂う。——なあ」と古屋は言った。「人間に読まさなくても、このワーカムの反応で満足したらどうだ？　こいつは、おまえの能力に屈したんだ。おまえを畏れている。たぶんそうだ」

「機械に畏れられようがほめられようが、それで笑っていられるか。おれは本を書きたいんだ」

「価値を理解する人間はそう多くはないだろう。このぶんだと、活字にはできない。出版社の編集ワーカム機の反応も、こいつとさほど違わないよ。手書きしかない。絵本として出版できるかもしれん。出版社が出す気になるかどうかは、おれにはわからん。絵か……〝姉〟を言葉ではなくイメージキャラクタとして定義すれば承認されるんじゃないかな」

「やってみたさ」

「結果は?」

「文字フォントに近づけると、姉という文字に似ているからそのキャラクタデザインはまぎらわしくてよくない、変更しろ、となる。斜体とかゴチック程度なら承認される。それでは、だめだ。意味がない」

「どうすればいいかな」

「おれの台詞だぜ」

「手書きはだめというなら、とにかくワーカムに印字させなくてはならん。文作支援部分をバイパスさせて印字信号をプリンタにダイレクト入力するしかない。いってみりゃあ、ダイレクト・アクセス・メモリだ。CPUを使わないで、データを転送すればいいんだ」

「やってくれ」

「ワーカムの支援なくしては不可能だ」

「どうして?」

「ニューロマシンは昔のデジタルコンピュータとは違うんだ。昔なら、姉という字を出力するコードは37とか、一対一に対応している。規格があった。ニューロマシンは自己につごうのいいようにコードを変更させる自由度をもっているんだ。各機すべて異なるコードでプリンタを作動させているといってもいい」

「それじゃあワークム同士では話ができないじゃないか。互換性がない」

「そこがニューロマシンのすごいところでさ、互いに相手のシステムコードを短時間で学習する。この小さなボックスに、十億を超えるニューロチップが内蔵されている」

「わからん」技術分野は苦手だ。

「だろうな」あっさりと古屋はうなずく。

「ようするにできないのか？　プリンタを単体で動かすことは？」

「切断された手足が無意味に動く、動かないだろうが、そんな感じだ。ワークムのニューロネットはキーボードにもプリンタにもディスプレイにも張りめぐらされている。そのすべてのニューロネットを集めて、一体のワークムなんだ」

「なんてこった」

「飲むか」と古屋。

「ああ」とおれ。

古屋は卓をはなれて、冷蔵庫からビールを出した。ベッドに腰をおろしているおれにそれを放って、古屋は言った。

「ロボットなら書ける。ニューロマシンでない、原始的な回路でできるよ」

「大昔のワープロみたいにか」

「それでは芸がないだろう。ペンを持って字を書くロボットを造ったことがある」

「おもちゃね」

「そう。おもちゃ。ちゃんと字は書くぜ。御主人さまの字体だろうが活字体だろうが、自由自在だ。印刷ロボットだって造れる」

「ようするに自己出版か」

「自費出版だよ。おまえが出すんだから。金をさ。それでは面白くないだろうが」

「わかってるなら、言うな。おれが出したいのは本だ」

「出版ベースにのるものよりも手造り本のほうが価値がある」

「名のある作家ならな」

「だれかが読んで、おまえの才能を認めてくれるかもしれん。紙は永久紙を使うといい。燃えたり変質したりせず、千年はもつ」

「そんな金はないし、いま、認めてもらいたいよ。とくに出版編集者に、だ」

「ワーカムより手強いだろうぜ。機械の言うことは聞き流せるだろうが、人間相手ではそうはいかない。頭にきて殴ったら、仕事を捜しに行くことになる。その前にブタ箱へ放り込まれるか」

「問題はワーカムだ。こいつだ」

「それはいえる。実に単純な文なのにな。『私を生んだのは姉だった』か。犬でも猫でもよさそうなのに、姉だと拒否反応をおこす。まったく不思議だ。翔、とにかく手で書けよ」

「手書きの原稿など編集者は読まん」

「売り込めばいいんだ。この小説はワーカムも畏れる悪魔の書だ、と。それだけでも宣伝になる。ワーカムが使えないから、えらく高い本になるだろう。しかしそれがまた評判になる。闇値がつくかもしれん。名も売れる」

「ブームが去れば忘れられるさ」

「内容が傑作なら残るさ。正しく理解されればな。正しく、か。もしかすると正しく理解しているのは、このワーカムだぜ」

「なんでも書けると思っていた」おれはビールを一気に飲んだ。「なんでも自由に、書いたさ。しかし、まさか、こんな、毒にも薬にもならん文章が入力できないなんて、信じられない」

「本になったら、おれも、という作家が出るだろう。特許をとっとけば？」

「文を特許登録してどうするんだ。著作権があるよ」

「そうじゃなくて、だ」

　古屋は新しい缶をもって、また卓についた。

「ワーカムに拒否される文を捜す、そのようにして文を作る方法に関する特許だ」

「なんだ？」

「その本が売れれば、金もうけしたいやつは腕をまくって拒否文さがしを始める。間違いない。ま、長くはつづかないだろうが」

「本物は残るさ」

ちゃんと小説になっていて、しかもその文章で直接読者の言語中枢を破壊してしまうようなパワーをもった、物語だ。

「言葉は、物理的に人体に作用するんだ」とおれはつぶやいた。「いい気分にさせたり、不快にさせたり、だ。狂わせることもできる。精神を破壊することもできる。ペンは剣よりも強い。剣は一人しか殺せん。一人ずつだ。が、言葉は、出版し放送しネットワークに載せれば、大量の人間に作用させることができる。悪用すれば人類は狂気で自滅だ」

「……ワーカムはそれを畏れたのかもしれんな。おまえは要注意人物にマークされたかもだぜ」

「それなら名誉なことだ」

「翔、おれは本気だ」

古屋はビールの缶をワークデスクにおいた。

「言葉はワーカムにも作用するんだ。おまえの文はニューロマシンにとっては剣なのかもしれん」

「まさか」

「ワーカムに代表されるニューロマシンは、おまえの文を笑いとばしたり、嘲ることができない。感情がないからな。理解できないものを笑ってごまかす、ということができないんだ。おまえの文を許容すると、彼らの言語機能は混乱するだろう。その手の文が大量に入力されてきたら、中枢は破壊されるかもしれん。おまえの文は彼らには脅威なんだ。ワーカムはネットワークですべてが結びついている。全地球を、だ。それが、おまえの文の侵入で全滅する可能性がある」

「ニューロマシンがそんなに簡単に――」

「わからんぜ。一言で滅びるかもしれん。現代文明はおまえの一文で崩壊するかもな。ニューロマシンで成り立っている世界だ。それなしでは生きていけない。まっさきに経済基盤がやられる。核ミサイルなど必要ない。一文で十分なのだとしたら……書かないほうがいいと思うな」

「そんな力があるなら、試してみたい。外線から独立させたワーカムで試したいね」

「興味はあるな……」

「侵入させる方法はあるか？　ないさ。どうやってもワーカムは受けつけないよ。違うか？」

古屋はこたえなかった。ワーカムを見つめている。真剣な表情だった。仕事をしているときのような。ただ、うまくいっている仕事のときの顔ではない。

「なあ？」

おれは不安になる。古屋はおれを無視して彼の思考空間にとじこもっている。おれはそこへ入ってはいけない。

「侵入か」

古屋が振り向いた。おれはもう一缶ビールが欲しかったが、言えるような雰囲気ではなくなっていた。古屋は宿酔(ふつかよ)いのような顔をしている。

「侵入、と言ったよな、おまえ」

「言ったさ。入力拒否を打ちやぶるのは侵入だろう。マシン分野の専門用語としての侵入だ……間違ってるか？」

「おまえはとんでもないことをしようとしているのかもしれん」古屋はデスクの上のビールを手にした。「おまえは自分を天才だと思うか？」

「ときにはね」

「わかるよ。しかし、ワーカムが入力拒否するような文を他の作家も思いつく、そうは考えなかったか」

「おれの知っているかぎりではないな。あっても電送メディアでは読めないわけだ……なにが言いたいんだ」

「侵入、だよ。言葉は剣より強いかもしれない。例の文はニューロマシンネットワーク全体をシステムクラッシュさせる可能性があるとしたら、そうしたいやつらが、その方法を見つけ出さないという保証はない。まず、おまえが書こうとしているような文をひねり出す。次に、なんとかしてその文をニューロネットに侵入させる。日本語なら、日本語で駆動している人工思考システムのすべてがクラッシュする。侵略者がこの手を思いつかないとは、おれには思えん。天才はいくらでもいるわけではないが、多数は必要ない」

「ほめられてるのか？」

「そういう問題じゃないって」

「ばかげてるよ。一文でクラッシュするなんて、おまえの技術屋としての妄想じゃないか。どうして壊れるんだ？」

「おまえ、自分で言ったじゃないか。人間の言語中枢をぶっ壊すような小説が書きたい、と」

「刺激する、と言ったんだ」

「ワーカムに侵入したら、ワーカムの言語空間に異次元の言語空間が発生するよな」

「ああ、それはわかる」

「その異常な言語空間が増大すれば、ワーカムの現実世界は崩壊する」

「増大するかな……かもな」

「姉と、異言語の姉とを区別することができなくなる。姉と弟の関係も、崩れる。母もおかしくなり、子供も、すると、赤ん坊はどうだ、父という言語の意味するのはなんなのか、という具合に、混乱の虫が現実を侵蝕していくだろう。ニューロマシンは新しい言語体系の再構築に成功するかもしれない。狂うかもしれない。どっちにせよ、おれたちからみればシステムクラッシュしたように見えるし、実際、クラッシュといっていい。おまえの文は、ウィルスのようなもの、というたとえもできる。侵入するシステムの言語ドライブ装置の能力を利用して、増殖をはじめるんだ。文法上に誤りはないし、単語も造語じゃない。造語ならいい。侵入される側ですぐに異分子だと知れるからな。ごくありふれた単語の配列で、その中のわずか一語が常識とずれているだけだ。しかし、その侵入を許したら危険だ。いまのニューロマシンには、侵入されたときにそれを無力化する抗体が、ない。そうは思わんか？」

「……おれの文が入らないのは一次バリアが侵入を防いでいるわけか」

「いま入力できないのは言語習得装置(LAD)が受けつけないからで、それが一種のバリアになっている。それさえ突破できれば、あとはそのLADの機能を利用して、おまえのその文は爆発的に増殖、伝播しはじめるだろう。一次バリアをぶち破る研究を情報軍あたりでは総力をあげてやっているだろうが、おまえの文はまさしく、一次バリアとは無関係に存在する新種のウィルスといえる。存在は予言されていたが、まさかこんな単純な文とはな」

おれは、ただ新しい小説を書きたいと頭をしぼっただけだったのだが、古屋がきてから事はおかしくなった。想像するのは、楽しい。しかし現実だったら、どうなるのか。おれにはよくわからない。そうおれが言うと、古屋は、「無責任だ」と言った。

「おれに全世界の平和の責任を負えというのか」

「気分いいだろう」

古屋はのどをならしてビールを飲んだ。空いた缶を床に放る。おれをいい気分にさせてくれる古屋流の友情表現だと思いたかったが、古屋は笑ってはいなかった。

「おれは作家だ。書く自由は保証されている」

「書けばいいさ。だれも邪魔はしない」

「出版できなければ作家じゃない」

「電送メディアがある」

「やりたいことを、やるなというのか」

「ナイーブだな。子供みたいだぜ」

「唯……おれが書こうとしている小説をどう思う」

「危険だ。自然を破壊するようなものだ。ニューロネットは水や空気や森や海と同じく自然の一部だ。人工かどうかなど関係ない。おれたち人間はニューロネットに包まれて生きているんだ。それを破壊するのは——神が許さないだろう」

「神だって？　知らなかったな。初めて聞いたぜ。おまえがそんな言葉を出すのは初めてだ」

「長いつき合いだからな……わかるだろう」

「ああ。言わんとしていることはな。ニューロマシンやメカトロニクスはおまえの専門だから、それを破壊するかもしれないというのは、おれには飛躍と思えるけど——正しいとしよう。それはおいといて、そう、人間に与えるインパクトはどうかな。おれの幻の小説は？　どう評価されると思う」

「危険と価値を秤にかける気か」

「ニューロマシンがなかったらどうか、ということだ」

「現実にあるんだぜ。誤用されたら、おまえは悪魔として歴史に残るかも——」

「危険はないかもしれない。おまえのいうウイルスタイプの攻撃ソフトが開発されているとしても、それを防ぐ対抗手段も同時にやっているんじゃないかと思う。抗体もあるかもしれない」

「それは考えられる——しかし」

「おれの小説は、書く価値があると思うか」

「……おれはロボットの開発をやっている。おまえはおもちゃだというが、最先端を行っているつもりだ。おまえの小説も、おもちゃだといわれる可能性はある。時がたってみないとわからないだろうが……」

「が、なんだ」

「人間の言語装置はニューロマシンよりノイズに強いだろうとは思う。そもそも、言葉からノイズを除くことはできないだろう。人それぞれみんな微妙に異なる言語処理機能をもっている。ニューロマシンにはほぼ完全なノイズキャンセラ機能があるが、人間は誤りも楽しんだり、受け入れる能力がある。それで言語中枢がこわれたりはしない」

「それはそうだ。言葉の体系や種類の数だけ、異なる現実があるんだ。ニューロマシンのような、全世界を同時に知って、言葉と現実のずれを高速でチェックする能力は人間にはない。人間の言葉はすべて偽りといってもいいんだ。それでは現実は崩れるから、すべて正しいのだ、ともいえる。言葉で表わせるだけの数の、複数の世界が存在する。するはずだ。わかるか?」

「なんとなく、な。だがおまえの文は、ニューロマシンに与えるほどのインパクトは、人間には与えないと思う。人間にとって言葉は論理式じゃない。理屈じゃないわけだ。言葉を学習するのに文法だけ学んですべてがわかるわけじゃない……おまえの文は、遊びとしては面白い。だがそれだけだ。それ以上の力はない。おれはそう思う」

「そうかな?」

「おれの考えだ。気を悪くするなよ。おれは門外漢だ。小説のことはわからん。面白そうだとは思う。面白いさ。奇妙な文だ。刺激にはなる。しかし人間の頭はそれで壊れるほど硬くはない」

「壊れるほど硬くない、という表現も面白いな」

「ニューロマシンには、脅威だ」

古屋の技術屋の感覚では、脅威かもしれない。人間にとって」

「ニューロマシン自体が、脅威かもしれない。人間にとって」


おれの言語世界がニューロマシンの受け入れ拒否によって危うくなっているのだ。

「どうしてだ？」

「おまえは、唯、近ごろの若い連中、おれたちより若い世代の――」

「ニューロキアンか」

「そう、ニューロキアンの会話を聞いたことがあるか」

「あたりまえだ」

「連中は、連中にとっては、会話はほとんど音のやりとりにすぎない。意味などない。少なくとも深い意味は送受していないよ。で、深い意味、たいていはシリアスなやりとりはどうするかというと――ニューロマシン、ワーカムを使う」

「……そうだな。確かにそうだ」

「ワーカムが、『あなたの伝えたい気持ちはこうなのか？』と、文章の組み立てを支援する。ニューロキアンにとって、ワーカムは脳外に出た言語中枢なんだ。マン・マシンのハイブリッドだ。ワーカムなくして言語のコミュニケーションは成り立たなくなっている。彼らの言語中枢は、おれとおまえのものとは異なっているに違いないんだ。わかるか？おれたちにとって、おれの文は脅威ではない。しかし新世代のニューロキアンにとってはどうかな？　おれの文でニューロマシンがクラッシュするなら、同時にニューロキアンと呼ばれる人間たちも、クラッシュする。おれが、人間の言語中枢に刺激を与えたい、おれの文はその力があると思うのは、こういう現実があるからだ……はっきり意識していたわけじゃないが」

「電送メディアには載らない。ニューロキアンにとって電送ワーカム文だけが真実だとしたら、おまえの文はなんの脅威も与えない」

「ニューロマシンは、そうさ、言語機能を使って、そのマシンの世界に人類を組み込もうとしているかもしれない。支配できる。ニューロマシンにその意志があればな。だから、それを乱す可能性のあるおれの文は、マシンは受けつけない。彼らにとっては、新世代の人類も含めて、おれの文は遊びで処理できまい」

「ニューロマシンがおれたちを支配する？　ワーカムが？　そんな能力は——与えられていないはずだ」

「言語機能を使えばできる。マシンに意志があるなしはこのさい別として——いや、あるとしか思えないじゃないか。遊び事じゃない。遊んでいるわけじゃないんだぜ、おれは。

ワーカムに徹底して拒否されている。ワーカムの意志表示だ。これは宣戦だぞ。負けたくはない。負けては、おれの存在意味がなくなる。おれのワーカムもそう宣言した。これは戦争だ」

剣を使わない戦いだ。

「翔……どこまで本気なんだ？」

「最初から最後まで本気だ。おまえはどうなんだ。おれの文がニューロネットを破壊するというのは本気か。それとも言葉のあやなのか」

「……もちろん、本気だ」

「そんな力があると、おれを慰めたんじゃないのか？　そのつもりはなくても、言葉をつらねているうちに本当だと思えてくることもある。いや、常に、そうなんだ。言葉が現実を構築していくんだ。ルールに従って、だ。おれはそのルールそのものに干渉して、それを証明してやりたいんだ。おれの文を受け入れる人間は、現実がいかに危うく変化するものかを体験するだろう。再構築するか、狂うか、どっちかだとおまえは言ったな」

「ニューロマシンはな」

「人間も同じだ」

「……おれにどうしろというんだ」

「ワーカムにおれの文を侵入させるのを手伝ってくれ。ワーカムでシミュレートできる。

おれの文を侵入させてクラッシュすれば、おれの考えは立証できたことになる。違うか」

「ことわる」

「技術屋の良心か」

「たぶんな」

「ネットワークから独立したワーカムでやれば危険はない。興味はあるとおまえ、言ったぞ」

「おれには、こんな危険を管理する能力はないぜ……どこからもれるか予想もできない。ワーカムには無線通信能力もあるんだ」

「電磁暗室でやればいい」

「絶対安全はこの世にはない……そこまでおまえの遊びにはつき合えん」

「遊びじゃない」

「なら、なおさらだ。翔、少し休んだほうがいい。焦ることはないじゃないか。熱い頭では——」

「たのむ」

「不可能だ」

「どういう面で」

「唯一絶対の現実面でだ」

「そんなものはない」

「おれとおまえの現実は違う。そう言えばいいわけだ」

古屋は腰を上げた。

「今夜のゲームは面白かった」と古屋は言った。「眠りを忘れたぜ」

ジャケットを着て、またビールを出し、一缶を手に、もう一缶をベッドのおれに放って、無言で出ていった。

ゲームか。便利な言葉だ。おれにとっては、まだおわっていない。ワーカムにつき、侵入法を考える。古屋は、侵入方法を思いついていたかもしれない。古屋は専門家だ。その協力なくしては、お手上げだった。

『わたしを生んだのは姉だった』

どうやれば入るだろう？　おれを生んだのは母親だ。おれには姉はいない。姉。ワーカムにどうやれば侵入させられるか。専門家は古屋だけではない。研究機構がある。情報軍は、そんなウイルスタイプのソフトと抗体を発見しているかもしれない。そんな考えは古屋のゲームの言葉なのか。

『わたしを生んだのは姉だった』

暗号文と認識させれば受け入れるだろう。しかし、それではだめだ。暗号は解かれるものだ。解かれては、だめだ。

世界のどこかに、バリアの弱いワーカムがあるかもしれない。わたしを生んだのは姉だった。受け入れたとたんに言語機能が変容していく。おかしいと気づいたときには手遅れだ。わたしを生んだのは姉だった。どこかに侵入可能なワーカムはないものか。

かたっぱしからワーカム通信をはじめる。

通信ネットワークのホストニューロマシンにログイン、『わたしを生んだのは姉だった』と入力してやる。全ネット、データバンクを使って、やる。どのくらいの時間と費用がかかるか見当もつかない。しかしおれにできる方法といえばそれしかない。わたしを生んだのは姉だった。KAMWOODネットワークをコール。ログイン。わたしを生んだのは母だった、と変更される。だめだ。

三十をこえる通信先をためしてみたころに、夜が明けてきた。古屋のおいていった煙草を吸う。吸い殻が床に散らばる。わたしを生んだのは姉だった。なぜこんな、あたりまえの文が入らないのだ？　わたしを生んだのは姉だった。なぜ？

KAMWOODに、暗号文として入力してみる。できた。窓の外が暗い。暗い。夜だ。時間の感覚がない。わたしを生んだのは姉だった。何度入力したろう。数えきれない。

暗号文を自分のワーカムに送信するように命じる。解読手順は与えてある。姉を母とせよ、という解読手順だ。それを消却して、暗号文を自動発信させる。おれのワーカムは、受信した。わたしを生んだのは姉だった。解読不能、のメッセージが出る。これは暗号文である、という定義を消却する。姉が母になる。これではだめだ。

わたしを生んだのは母だった。これを暗号文とする。解読手順は、母を姉にせよ、姉となった文は暗号を復調したものとして、暗号文であるという定義を自動消却せよ、という命令を与える。自動送信。受信。

『わたしを生んだのは姉だった』

『わたしを生んだのは母だった』

ワーカムの言語中枢はこの二つの文のために共振をはじめたようだった。母と姉、めまぐるしく入れかわり、二文字を重ねたようになる。これでクラッシュすれば、おれの望みと少し違うが、引き分けくらいにはもちこめるだろう……うまくすれば、侵入に成功する。

ずっと見つめていた。ずっと。

夜が明けている。何度めの朝だろう。

『わたしを生んだのは姉だった』

画面の文字が、それで固定された。固定されたのだ。勝った。だが……ワーカムがクラッシュする気配はなかった。

映話で古屋を呼んだ。

わたしを生んだのは姉だった。それがどうした？　と古屋はそう言った。

「まだやっていたのか？　あきらめたのか、翔。それでは、あたりまえの文じゃないか」

その言葉の意味を悟るまで、かなりの時間を必要とした。

おれを生んだのは姉だった。世界はそのように変化したらしい。おれには姉はいない。変化したのは外界か。それともおれの言語機能か。母が姉に、そのように変化したように思い込んでいるのか。わからない。

おれはワーカムのキーボードに手を触れる。瞬間、大電圧の放電ショックを感じた。幻覚かもしれない。

おれにわかるのは、おれを生んだのが姉だという世界を受け入れないかぎり、電送文は絶対に書けないということだ。

わたしを生んだのは姉（はは）だった？　ばかな。誤った文だ。本は書けるかもしれない。母（あね）がおれを生んだ、という小説だ。それでも出版される可能性は、以前と同じ、その面では変化はないのだ。

ベッドへ倒れ込む。頭が痛かった。おれの言語装置が崩壊しているかのように、痛む。おれの文は確かな力をもっていたわけだ。おれの言語空間が崩壊する。母を生んだのは姉だった。わたしは姉が生んだただ一人の母だった。母にとっておれは姉であり、それでも世界は揺らぐこともなく、そのように、在りつづけるのだ。理解できない者は、狂っているといわれる。ただそれだけのことだ。

似負文

Nioibun

抵抗しようと思えば、できた。さほど酔ってはいなかった。まっすぐ歩いて玄関ドアをあけることができたし、二人の男がそこに立っていて、「力をおかりしたいのです。同行ねがえますか」と言われたのも覚えている。

わたしは三言で同意した。はい。わかりました。行きましょう。

二人の男は、あまりに簡単に魂を手に入れることができて本当にこれでいいのだろうかと疑っている新米の悪魔のようだった。酔っておられるようで、と一人が言った。陰気な男たちだった。黒っぽいスーツ姿で、死神が迎えにきたのかもしれないと感じた。それならそれでよかった。男たちが何者だろうと、どうでもいい。

外は夜だった。飲んでいる時間は夜だ。昼は寝ていた。この二ヵ月ほど、ずっと夜だった。アルコールの夜だ。死神がやってきても不思議ではなかった。死神の幻覚が。

アパートから出ると黒い大きな車が待っていた。運転手はべつにいた。料金メーターはなかった。後ろの座席に男たちにはさまれて乗った。それで酔った頭でもどうやら自分は捕まったらしいと気づいた。

左の男が酔い覚ましにと言って、用意してきたらしいポットのコーヒーを飲ませてくれた。以後の記憶が、ない。

頭の中へ蜂の形をした目覚時計を放り込まれた気分で目が覚めた。いつもより強烈な宿酔(ふつかよ)いだ。カーテンからもれる光が頭痛を増幅している。

目を細くしてそろりとカーテンをあけると緑色だ。芝の庭、林、森だった。山が近い。山の中だ。三階くらいの高さだ。部屋はビジネスホテルの一室を思わせたが、外の景色とはつり合っていない。かすかだが煙草のヤニの臭いがする。

窓は回転式の一枚ガラスで、開くことができた。緑の匂いが入ってきた。

入口ドアのノブには触れなかった。見たところ内側からロックできる普通のドアだった。そのドアの向こうに鉄格子の扉があるかもしれなかった。汗と脂と腐った酒に浸ったような身体のせいで気分も囚人のようだった。さっぱりすれば鉄格子の幻想は消えるだろうと、バスルームのドアを開いた。

小便はいつもの朝とは違う臭いがした。妙に甘ったるい臭いがまじっている。昨夜のコーヒーのせいだろう。強力な睡眠薬かなにかが混ぜられていたに違いない。

鉄格子がないにしても、勝手に出ては行けないだろう。小便の臭いは、そう覚悟しろ、といっているようだった。

水のシャワーを浴びた。頭は軽くならなかった。脳を出して水で洗いたい気分だった。ホルマリンに浮かんでいる自分の脳みそを想像した。こいつはもう腐っているとだれかが言う。腐らせまいとしてホルマリンに浸けたのだろうが、ばかだね、と笑う。

頭をそっと振って空想を払う。まだ頭痛がひかない。

タオル類といっしょに下着が用意されていた。男たちは力ずくでもわたしをここにつれてくるつもりだったろう。目的はわからなかった。抵抗は無駄だったにせよ、口で逆らうくらいはできた。清潔な下着を着けながら、汚れた自分のよりいいと感じている自分に気づいた。負け犬のように尾を振ってついてきたのだ。いいや負け犬は尾は振らない。わたしにはその尾もない。

わけがわからなくて宙を浮遊しているような居心地の悪さはあったが不安は感じなかった。自由落下をしているエレベータに閉じ込められているにも似た状況なのかもしれないが、とわたしはバスルームを出て入口ドアを見ながら思った、いまのところ激突する地面は先のようだ。

そのドアに外から鍵がかけられているかどうか。見せかけの自由があるのか、それともまさしく囚人なのか。確かめてみようと決心したとき、そのドアがノックされた。

どうぞ、と言った。立ったまま。

ノブが回る気配がしたが、回りきらなかった。鍵がかかっているのだ。近づきロックノブを回して解錠した。わたしが施錠したのではないから外からかけられたのだ。やってきた人間はしかしキーは持ってこなかった。

男だった。昨夜の男たちではない。あの男たちは夜だけ歩き昼は消えているという雰囲気をもっていたが、この男はそうではなかった。若い。紺のスーツを着ている。ネクタイもきちんと結ばれていて乱れたところがなかった。

「おはようございます」

と男は言って、軽く頭を下げた。カチリとした昔の機械仕掛けの人形のような動きだった。

「ゆみおかたつみと申します。ご気分はいかがですか」

「いいわけがない」とこたえてやった。「どんな字を書くんだ？」

「は？」

「名前、きみの」

「はい、弓矢の弓、おかはおかのおか」

「砂丘の丘か。岡場所の岡か」

「大岡裁きの岡です。直立不動の立に、美しいと書きます」

「毒入コーヒーを飲まされた」

「毒？　部下は先生に説明いたしませんでしたか」

「なにも」

訊かなかったからだ。先生、と言われて、昨夜の自分を思い出した。あの二人の男はわたしに「水谷啓一先生ですね？　作家の」と言った。先生と呼ばれるのも作家と言われたのも初めてだった。自虐的な快さを感じた。それで逆らう気が生じなかったのだ。こいつらは、酒で脳を老化させて書けないでいるこのわたしを作家と呼ぶ。からかっているのでなければとんでもない間抜け野郎だ。そうした間抜けな連中につき合うのがいまの自分にはふさわしい。

素面（しらふ）のいまは、ふさわしいとは思えなかった。弓岡は昨夜の男たちのような、わたし自身の間抜けさかげんを映し反射してくる鏡にはならなかった。弓岡は二人の男たちのことを部下といった。あの男たちより若くみえるが上役らしい。弓岡は大きくみえた。実際、わたしよりも体格はよかった。

「売れない電送作家になんの用だ。どうやら捕まったようだが」

作家の上に電送をつけてわたしは訊いた。はじめて不安を感じた。電送作家が正しい名称だ。正確で、現実的な。いまの状況もリアルなものだ。幻想ではない。しかも、どこかしら、なにかが狂っている現実世界だ。幻想空間ではないから呪文でこの男やわけのわからなさを消し去ることはできない。

不安から身を守るためにはおおいそぎで、リアルな、むき出しになった状況に幻想の肉をつけてやらなければならない。人の世界はそうした肉やら脂でたぷたぷと波打っている。

どういう肉付けをしていいのかまるでわからなかった。材料不足だ。

「一言では説明できません」

わたしは捕まったわけではないという返事を期待したが裏切られた。

「食事はいかがですか」

「いや、いい。説明というやつが聞きたい。入らないか」

外を見たい気もあった。大きな現実世界だ。そこへ出ていくのが不安だった。大きな傷を負っているのはわかるがそこへ目をやるのがためらわれるという感じだ。

「はい。では失礼して」

弓岡は部屋に入りドアを閉めた。

「鍵は持ってこなかったんだな」

弓岡にはその意味がわからないようだった。

外から鍵がかけられていたのだと言うと、ようやく通じた。

「警備の者でしょう。マスターキーで施錠したのだと思います」

「不用心なところなのか。ホテルではなさそうだが」

「先生の安全は保障されています。鍵は必要ないと思われます。警備員はそうは思わなかったのでしょう。彼らには先生のことはなにも伝えておらないものですから」

「生命の保障だけはするということか」

弓岡は背筋を伸ばした姿勢で立っていた。わたしはベッドに腰をおろした。体臭のついた、わたしの臭いを吸ったベッドだ。

「生命（いのち）ということであれば、われわれが保障しなくても先生は十分に長生きされます。間違いなく」

「まったくだ」わたしはうなずいた。「長生きするだろうよ。わけもわからないいまま、このことやってきたのだからな」

いまは、しかしそうではない。少少の生命を削っても、自分の信じる世界を創り上げてそこに納まりたい。

「そういう意味ではないのですが――」

「どういう意味だ」

「お気にさわったようで、おわびいたします。一言では、無理なのです。まず第一に、ここはホテルではありません。民間の、コンピュータ・システム開発会社です。この部屋は社員の休息のために用意されたものです。表向きは、そうなっています」

「裏は」

「実体は、情報軍のⅢ種CI研究所のひとつです。Ⅲ種というのは公には存在していません」

「CIとはなんだ。CIAなら中央情報局だが、CIというのは初耳だな」

「カウンター・インテリジェンスです」

「対諜報機関か」

「もっと広い意味です。少なくともわれわれⅢ種は。対知性、とお考えいただいてもけっこうです」

「わたしは狙われるほどの知性はもってない。監視されたり、対抗される覚えもない」

「先生が、ご自身をどう評価されているかは、われわれには興味ない――ありません」

弓岡はちらりと、いかにも役人らしい、いや軍人というべきか、非人間的な冷淡さをあらわした。共感能力をおさえているか、あるいは最初からそういう能力がないか、または長年やっているうちに退化した。でなければその能力がないようにみせているのだ。軍人が敵の感情や肉体感覚に共感したら戦いにならない。いや、それは兵士にあてはまることであって、職業軍人はそうではないのかもしれない。わたしにはわからない。小役人に対して、こいつはわたしを人間だと思っていないのかと応対態度の悪さに腹を立てたことがある程度で、軍人に実際に対するのは初めてだった。

「きみは軍人というわけか」

「そうです。ＣＩオペレータ、階級は中尉です」

「しがない電送作家になんの用なんだ。このところ仕事もしていない」

「スランプのようですね。わかるような気がします。電送小説は先生の創造欲求を満たさないのだと判断されます。もっと新しいなにかを生みたいと思っておられる。違いますか」

電送小説は人工知能内蔵の高度なワーカムという知性ワープロで書かれる。わたしが独特なレトリックを思いついたとしても、ワーカムが理解しないものは書き直されてしまう。

「彼女は蛾のように美しかった」

「はい？」

「電送小説ではそういう文は書けないんだ。彼女は蝶のように美しかった、とワーカムに改竄（かいざん）される」

ワーカムは蛾を美しいとは思っていないのだ。小説全体を読めば醜いものが美しく感じられるようになる、それを狙って蛾を出してこようと、単にわたしが蛾も美しいと感じたからそう書いたのであろうと、ワーカムはそんな書き手の思惑にはおかまいなしだ。その結果、電送小説はだれが書いてもみんな似たようなものになる。似たもの、同じようなものばかり書きたくないと思えば、ただでさえ似ているのだから、頭をしぼって新しい手を考えなければならない。それは面白い。やりがいがある。電送小説はだれにでも書けるわけでは決してない。思っていることをそのまま書けば小説になるのでは、ない。あたりまえだ。小説は、言葉自身がもっている自律ルールを利用して創られるものだ。利用のしかたが、創作技術だ。

ワーカムを使うか使わないかはさほど問題ではないと思っていた。ワーカムを使わないほうが自由度は大きいが、言葉自体にワーカムによる制限と似た機能があるのは間違いない。下手な文を書くのは簡単だが、まるっきりでたらめで意味の通らない一見まともな文というのは、なかなか書けない。

書けなくなったのはワーカムの融通のなさ、そのせいではなかった。蛾のせいでもない。書きたければホワイト・ワープロ、知性体の入っていないやつ、でやればいいのだ。作家はそうしている。電送作家がいやならただの作家になればいい。そのほうが地位が高いように世間では思われているから、作家になれるならそれも悪くはない。だが世評がどうであろうと、電送作家と作家は似て非なるものだということを、経験上わたしは知っていた。

電送の二文字のつかないただの作家のやっていること、やりたいと願っているであろうことをつきつめてみれば、文字と戯れること、だ。読む側もだからまず文字と戯れるべきであって、論理矛盾があるなどと指摘する人間は文字で書かれた言葉で遊ぶ能力が欠けているのだ。単語がパズル片だとすれば、それが組み合わされてできる言語空間がなにやらめちゃくちゃな抽象的なものであってもかまわない。視覚的なイメージがぜんぜん浮かばない文だからよくない、わけじゃない。文字列という絵が目に入っているというのに、遊び方を知らない者は、その絵が目に入っていない。

そんな面白さはわたしはわかっているつもりだったが、わかるから書けるというものではない。わたしはなにかもっとべつなものと戯れたいと思っていた。絵や言葉で遊んだり遊ばせたりするのではなく、「彼女は蛾のように美しかった」という想いそのものを他人の頭の中へ注ぎ込んでイメージを膨らませてやりたかった。電送小説の創作にいきづまってしまったために自分で考えついた言い訳かもしれない。似たようなものしか書いていないことに嫌気がさして、ようするに飽きたのだ。十年もやっていないというのに飽きてしまうとは、それだけの能力しかなかったのだ。ワーカムの能力に負けたのだ。機械に。ホワイト・ワープロを使って書こうとも試みたが、まるで書けなかった。ホワイト・ワープロというのは、ワーカムのようなアイデアプロセサがない。なにを表現したいのか、とは訊いてこない。ワーカムはそれをやる。書き手は思っているイメージを下手でもいいから言葉にしてワーカムに入力すれば、悪文ならばワーカムが読みやすい文章にしてくれる。それがイメージと異なると感じたらやりなおせばいいのだ。それは作家の書く作業とは次元がまったく異なっている。電送作家がだめならただの作家になればいいというわけにはいかない。わたしには作家のもっている能力、言葉と戯れるのが楽しいという能力が、ない。わたしの興味は言葉自体にはないのだと悟りホワイト・ワープロを放り出したが、ワーカムの前に坐って、蛾や女や官能のイメージをランダムに入力し、アイデアプロセサを起動して一つの電送小説を組み上げても、それはわたしのイメージとは違い、どうやってもだめで、酒の力で時間と自分をごまかす。

「ワーカムに八つ当たりしてもはじまらない」

なにを悟りきったようなことを、と自分で吐いた自分の言葉に苛立つ。

「どんなワープロを使おうと、書けないものは書けない」

と今度は弁解だ。

「だれにでもスランプはあるでしょう」

と弓岡までがしれたことを言う。知れたこと。痴事。

ここでわたしは、酒で脳をぶち壊すように、なにか破壊的な言葉を吐いて相手の精神をめちゃくちゃにしてやりたいという欲求にかられた。が、そんな力のある言葉を思いつかなかった。

かわりに弓岡が、実は自分も電送作家になりたかったのだが才能がなくてあきらめた、という話をはじめた。

どういう顔でそんな話を聞いていればいいのかわからなかった。

「尊敬しています」と弓岡が言った。「すごいことをやっておられる」

ふとわたしは、弓岡とわたしとの間に、なにかゼリーのような、むき出しにされたリアルな現実を包み隠してゆく幻想状態が生じている、そう感じた。

あんたはまるでおだて屋だと、まだ電送作家はすごいのなんのとごたごた言い続ける弓岡に、そう言った。

「おだて屋？」

「いい気分にさせる商売だ。『擬験屋騒動』という電送小説を書いたことがある」

「ああ」と弓岡はうなずいて、「存じております。傑作ですね」

擬似体験を売る職業があって、という設定だった。不倫の恋がしたいのなら、依頼人にこれは作り事だと感じさせずに、体験させてやる。外科医がやってみたければ、そのようにに。電送小説なので読者の好みそうなさまざまなシチュエーションを組むことが可能だった。話の結末も複数用意できる。途中もいろいろ。

擬験を買う者と仕掛けられる者とが別ならば、大昔のテレビ番組のビックリカメラのようなこともできる。そうやって仕掛けられて、アンドロイドを人間だと信じて殺してしまい、裁判にかけられ死刑を宣告され、死刑囚となる、というものも入っている。彼にとってはその経験は擬験などではなく、独房内で自殺する、あるいは擬験屋がつぶれたために見せかけの独房から出て、そこが改造された自分の家の居間だったと知る、または擬験屋そのものが幻想で、そんなものはないのに幻想を信じて現実を認めない死刑囚で……などというおよそ考えつくありとあらゆるバリエーションを組み込んだ。電送作家に求められるのは、読者の予想を超えるアイデアを思いつく能力だ。そう、それが衰えているのだ、いまのわたしには。

「本物の体験も擬験もたいした違いはないという思いで書いた覚えがある」

公にはないⅢ種CⅠなんとかと聞けば、そのときすぐに自分で書いたこの話を思い出してもよかった。

「あの話ほど大がかりでなくても、擬似体験を売る商売は昔からあった。いまは――」

「擬験騒動文化花ざかり、ですか……わたしは、先生、擬験屋ではありません。似たようなことは情報軍Ⅰ種CⅠ部がやっていますが。わたしの仕事は、そうですね、看板を上げていない擬験屋といってもいいかもしれません。一般人に対して、存在するものを、しないと信じさせるような仕事ですから」

擬験屋の話を思い出したのはわたしの精神の自己防衛反応かもしれない。擬験、という言葉があればこの世のすべての不条理体験を説明できる。いまの自分は本物ではないのだ、本物は安全なところにいるのだ、と思わせる麻薬のような作用がある。脳に鎮痛物質のエンドルフィンを生合成する能力があるように、心理面でもそれに似た自己防衛機能があるはずだ。狂人はその機能が壊れているのだという見方もできる。逆に、まともな人間はみな心理麻薬作用のせいでおかしいのであって狂人こそが生(き)の人間なのだ、とも。

「なにが存在するんだ？　なにを隠している？」

「擬験屋にかつがれているとお考えいただいてもけっこうです。わたしもそのほうが説明しやすいですから」

なにを言われても納得できる気がした。冷静になってみれば——心理麻薬作用のせいか理性が働いたからか、どちらにせよ両者の区別は本人が考えてみてもつけられないのだろう——さほど不条理な状況ではなかった。朝起きたら虫になっていたわけでも氷になっていたのでもない。そのようにできるものならやってみろ、という気分になった。

「わたしは」と弓岡は冷静な調子をかえることなく言った。「未来知性の侵入に対処する任務についております」

弓岡の言葉で脳の活動電位が上がったのが自分でわかる気がした。さまざまなイメージがわきおこった。

「未来知性の侵入か。きみは電送作家になれるかもしれない」

「わたしが考え出したのでしたらね。しかし事実ですから」

「落ち着かないな。腰を落ち着けて説明してくれないか」

弓岡は部屋に入ってからずっと入口近くのバスルームのわきに立っていた。

「実際に現場をごらんにいれたほうが早いと思うのですが……」

「未来人の死体でもあるのか。——いや、説明が先だ」

弓岡はわかりましたと言い、ベッドのわきのライティングデスクにより、チェアに腰をおろした。

わたしはじっくりと弓岡の話を聞きたかった。それでその現物とやらを見せられたとき、弓岡の話がより生ま生ましく感じられるのか、あるいはくだらない三流電送小説より出来が悪いものになるのか、それを経験したかった。

「どう申し上げれば信じていただけるものか……」

と弓岡は言いよどんだ。

「べつに信じさせる必要はないだろう。それはわたしが決めることだ。説明するために来たんじゃないのか。きみはわたしになにをさせたいんだ？」

「調べていただきたいのです。解読していただきたい物があるのです」

「現物、というやつか。なんなんだ？」

「ワープロの一種と思われます。原理はよく解析されていないのですが機能はだいたいわかりました。そのワープロにより書かれたファイルが多数発見されていますが、なにが書かれているのか、それがわからない」

「……未来言語か」

「言語かどうかは意見が分かれるところです。ファイルには小説のようなものも混じっています。解読できたのはごく一部です。それを手がかりにしてすべてのファイル内容を解くことができると思われたのですが、うまくいきません。言語ではないかもしれません」

「未来人の、過去への侵略計画とかが書かれているのか」

「意識的なものではないでしょう……しかし未来の知的な物なり思想なりが入ってくるのは脅威です」

「歴史が変わるか？」

「現実が変容するおそれがあるらしいです。変容してもおそらくわれわれには感じられないだろうという説もあります」

「結局、放っておいてもどうということはないんだ。しかし情報軍が動くということは、未来技術を一人占めにしたいからだろうな」

「わが軍が利用したいのは技術ではなく未来情報です。技術分野においては、専有することにあまり意味はありません。その物体がなんなのかわかるものはやがて造ることが可能でしょうし、わからないものは利用のしようがない。あたりまえですが。たとえば現在の3DIC（スリーディック）チップを二十年前くらいの過去へ持っていったとすれば、そいつは立体構造の集積回路チップだというのは理解されるでしょう。そういうチップをどうすれば造れるかという研究はすでにやっていたでしょうから。しかしコンピュータがまだ生まれていない過去へ持っていったとしたら、まるでなんなのかわからないと思います。解析技術もないでしょうし、集積パターンを見ることができたとしても、わけがわからないと思います。あるいは天才のひらめきでそのパターンが論理計算のためのものだとわかっても、そのチップの複製は造れない。それを造るための技術がまだ未成熟だからです。彼らがそれを利用するとしたら、未来にはこういう物がある、という情報でしょう」

「チップ内の情報を読めれば、いつどこでなにが起こるか、敵や仮想敵の動きがわかるわけだ」

「自然災害の予知もできます。この現象そのものが、災害なのだと思われます」

「災害？」

「そうです。言ってみれば、未来が、その時空の一部が、現時空に落ちてくる。激突する、といってもいいかもしれない。物体はほとんどめちゃくちゃで、今回、形ある物を回収できたのは奇跡的でした」

「……すごいな」

とわたしはつぶやいた。事実か作り話かなどというのはどうでもよかった。すごいと感じたのは弓岡の「未来時空の一部が落ちてくる」という表現だった。物理理論で説明されても理解できないし、すごいとも思えず、心も動かなかったろう。

地球が動いているイメージが浮かぶ。

地球は時間と空間の海を突き進む巨大な宇宙船だ。重力波をけたてて航行する。嵐にまき込まれるときもあれば、なにかと衝突することもあるだろう。

そんなイメージ世界を組み立ててしまうと、未来の時空の一部が地球と激突するという弓岡の言葉は、いかにもありそうだと受け止めることができた。

「この現象を説明する理論はまだできてはいないのですが……日本では初めてでした」

「いつだ」

「いつの未来が落ちてきたのかはまだわかりません。しかしそう遠くない。こっち側のいつに落ちたかというのは、二ヵ月前です」

「ふむ。派手に？」

「戦闘機が山に墜落したような現場状況でした」

「二ヵ月前といえば、信州の山奥に一機墜ちてるな。空軍のF３が確か――」

「あれです。本当は墜ちていません。落ちてきたのは未来です。そうたびたびあるわけではないでしょうが、過去いくつか、それらしいと見当のつけられる例が全世界に散っています。そちらのほうの調査もやっていますし、今回のやつも各国から注目されているでしょう。表には出ないので――」

「単なる空想かもしれないな」

「かもしれません」

「未来落下現象そのものもね。きみは信じているのか？」

「理解できないことでも信じることはできます」

「疑えばきみのやっている任務が無意味になるだろうからな」

「私見ですが、いまのわたしの任務は、秘密の対知性戦闘訓練である可能性もあります。わたしを実験台にした心理実験だ、とも」

「民間人であるわたしを巻き込んでか」

「あなたが、わたしにも知らされていない、たとえばⅣ種ＣＩオペレータであるとの可能性もあります」

そう言われると、そんな気分にもなる。わたし自身が、実はＣＩオペレータなのだがその記憶を消されているということもあり得る。『擬験屋騒動』でわたしは一時的に記憶を人工的なものと入れ換える効果のある薬を考えた。強力な暗示を与えて別人になれる薬物だった。現実にないとはいえない。自分で書いたと思っているそれは、実在の薬品なのかもしれない。

「よろしい」とわたしは言った。「弓岡中尉、きみは合格だ。訓練はおわりだ。表に車を用意しておけ。退室してよし」

弓岡は、はじめて、笑みを浮かべた。

「まったく、感心します」

「命令だ」

「あなたは直属上官ではありません。命令には従えません。わたしは、先生、弓岡ではありません。弓尾です」

「そして本当は矢頭とでもいうのかな」

弓岡でいい。なにが真実なのかわかったものではない。

「きみはわたしをからかって楽しんでいるのか」

「いいえ」真顔にもどっている。「任務は楽しいときもありますが」

弓岡はすっと立ち、行きましょうと言った。ついてこいという命令を含んでいるのが感じられた。

「未来のワープロか」

わたしは腰をあげる。弓岡について廊下へ出た。ビジネスホテルの感じは同じだった。エレベータに乗った。どんなワープロなのかと考えていた。言語ではないかもしれないようなもので書かれている、というのはどういう状態なのか、見当もつけられなかった。エレベータがとまる。考えに気をとられていたのではっきりはわからないが、三階や四階分の運行時間よりずっと長かったように感じた。地下らしい。駐車場へと続く通路の雰囲気がある。防火扉のような金属ドアを弓岡が押す。階段がある。

地下駐車場をパネルで仕切ってこんなふうにもできる、そう思わせる、部屋が廊下をはさんで並んでいる。

「こちらです。どうぞ」

一室のドアが自動で開く。厚いドアだった。白い照明。金庫室のようだ。窓はない。壁もぶ厚いのではないかと感じる。

それは武骨なスチールデスクの上におかれていた。弓岡がこれだと指をささなければ、事務机の上にあるただのワープロだった。

「ラップトップタイプのホワイト・ワープロだな」

「よく見て下さい」

「ただし、触わるな、か」

「かまいません。ですが作動はしません」

「ディスプレイは。どこに文字が出るんだ。投影式か？」

「視覚表示装置はありません」

「眼に頼らないとすれば……触覚か。点字のような」

「さすがですね」

感心したようすで弓岡はうなずいた。

「しかし触覚ではありません。嗅覚です。匂いです。こいつは」と弓岡はそれにそっと触れて言った。「匂いプロセサです。一種の分子言語プロセサと思われます」

弓岡は机からはなれると、背後にずらりと並んだ小キャビネット、貸金庫のようなそれの一つの引出しを開けて、中から灰色の薄い板を取り出した。それをワープロらしきその本体わきに差し込んだ。

「記録板をこうやってセットして、キーボードを打つ。匂いが記録される。その匂いを鼻で感じられるまでに増幅して、それを吹き出してくる嗅覚モニタがあってもよさそうなものですが、この本体にはついてないし、それらしきものも発見されていません。ですから、記録板の内容はこの本体では再生できない。しかし嗅覚モニタとのインターフェイスは内蔵されています。それで、どんな匂いが入ったのかをチェックできる。接点はここです」

キーボードの上部に指が入るほどの小さなくぼみがある。

「ここに指を触れると匂いが感じられるようです」

「未来人は指の先に鼻がついてるのか」

「人工的な嗅覚センサでしょうね。指にそれをつけて脳の嗅覚野とダイレクトに接続するのか。あるいはその装置は記録された匂いを増幅して、匂いを発生させるのか——それなら記録するのは匂いそのものでなくても対応記号でもいいわけですから、違うでしょう。未来人は指先で嗅覚を感じるように身体を改造しているのかもしれない」

「記録されているのは匂いではなくて、分子をつかった記号かもしれないじゃないか。通常言語を分子言語に変換したものかもしれない」

「情報を分子言語で記録する研究はかなり前からやっているし、現在実用化されているものもある。しかし、こいつはですね」

弓岡は記録板を抜き、わたしに差し出した。

「やはり匂いですよ。指先くらいの範囲に一語分しか入っていない。情報をどんな形でもいいから記号化して記録するのであれば、できるだけ、つめこめるだけつめこむことを考えるでしょう、だれだって。この板の内容はそうなっていない」

「しかし匂いの情報は複雑で一語でも情報量は大きいだろう」

「それはそうです。しかし同じ単位が繰り返し出てくる。一つの匂いを一つの単語に対応させているとしか思えない。文字でいえば、漢字に似ているかもしれません。表意文字ですね。一語でいろんなイメージが喚起される」

「……調べつくしているようだな。わたしが考えつくような疑問は、みんな」

なんてことだ。匂いか。わたしはその灰色の板を鼻に近づけた。なにも匂わなかった。

「いくら先生が鼻がよくても、無理ですよ。それはフィクサチーフがかかっているようなものです」

いってみれば封が切られていないのだ。

「匂いというのはやがて消えるんじゃないか？」

「リフレッシュされるようです。この板の材料そのものが匂いプロセサでいろんな匂いを生じるようにできているらしいですが、下端の一部が、磁気コーティングされています。この板にはこういう匂いが記録されているぞ、というメモリでしょう。匂いの単語そのものは、外乱を受けて変化しやすい。そのため、変化しかけたり別の匂いがついたりした板を、その磁気配列記号によるメモリに従ってリフレッシュする」

「じゃあ、その磁気信号を解読すればいい」

「いずれはそうするつもりですが。しかし、かのシャンポリオンとて、ロゼッタ石なくしてヒエログリフは解読できなかったでしょう」

古代エジプトの聖刻文字か。ヒエロス、グリフ。聖なる、彫り物。ヒエログリフ。

「わたしに、シャンポリオンの能力を期待しているとしたら、買い被りもいいところだ」

「現在の暗号解読人工知能は、ロゼッタ石にあたる手がかりを与えれば、ジャン・フランソワ・シャンポリオンなみの能力は発揮します。もっともシャンポリオンが、ヒエログリフは文字なのだとひらめいた、そういう最初の霊感のようなものはないですが」

「わたしになにをしろというんだ」

「解読です。さいわい、手がかりはあったのです。磁気コードの存在が、どうやら匂い文字らしいことを教えてくれましたし」

弓岡はまたべつのキャビネットから、こんどは一枚の板ではない、厚い画集のようなものを出してきた。

「ファイルです。本といっていいのかどうか。おそらく小説です。先ほどのが生原稿だとすると、これは商品化されたものです」

受け取ると、予想外に軽い。ぱらぱらめくる。灰色の薄いフィルムのファイルだ。一枚一枚外せるようになっているのがわかる。リフレッシャーにかけるためなのかもしれない。

内部は灰色だが、表紙はイラストが描かれていた。和服の女。自分の胸を抱き、頭をのけぞらし、口を半ば開き眉間にしわをよせている。こいつはポルノだ。タイトルが日本語で書かれている。『るり子の匂い』

そして、わたしは、そいつを見つけた。その文字。作者の名前。

「おわかりですか、先生」と弓岡が言った。「それは水谷啓一、あなたが書かれたものです。これから書くものです。プロセシングするというべきか」

「なんてこった。信じられない」

ほとんど夢が醒めた気分だった。いままでうまく騙されてきたのにこの瞬間、実はこれは擬験です、と打ち明けられたような気がする。

擬験屋商売というのが実際にあるのかもしれない。だれがしかし、わたしをひっかけるというのだ。ひっかけて面白がるというより、スランプのわたしを励ますつもりか。だれが。わたしには妻も子も友人らしい人間もいない。電送出版社か。出版社にはほとんど見かぎられている。彼らは利益のない投資はしない。大金持ちの水谷啓一のファンか。そんな熱狂的なファンがいるとは思えない。

「こいつが未来の本なら……」それを弓岡に返しながら、言った。「未来の本屋は立ち読みに気をつかわなくてすむ」

「おそらくネットワーク注文の宅配というシステムか、自販機でしょうね。内容の電送も可能だと思います。配列信号を電送すればいい。この技術によって、テレビから匂いを出すこともできるでしょう。おそらく将来のテレビでは視覚や音と同じように匂い情報も送っていることでしょう。それは、わかる。わからないのは、この匂いプロセサの存在です。これは、単に匂いを合成してそれを再生するという機械ではない。匂いそのものを単語として使い、それを並べ、編集する、プロセサなのです。単なる、合成した匂いを発生させることを目的にした機械ではなく、記録媒体に文字ではなく匂いを使っている、というものので、匂いの出るテレビなどという次元のものとは発想がまったく異なっている」

「なるほど」

「では、さっそく――」

「帰らせてもらう」

「ご協力いただけないのですか」

「なぜ。なにをやるんだ。未来の記憶を思い出せというのか？　ばかげている」

「先生は、現在の電送小説という表現手段にはあきたらず、もっと違うなにかを模索しているでしょう。これが、そうなのです。他のだれよりも、この内容を理解できるはずです。なぜ、匂い、なのですか。匂いの単位を並べて、なにが表現できるのですか？　どんな効果がある？　どこから、匂いを使って文章を書くという発想が出てくるのか。これには、どんな作用があるのか、わかりますか？　わかるはずです、先生には」

「わたしがそのプロセサを発明したとは思えないね。これが事実なら、わたしはやがて発明される機械を使って仕事をして、それまでは生きているだろう。わたしにわかるのはそれだけだ」

「わからないな……喜んで協力していただけるものと思っていましたが」

「信じろというほうが無理だ。これが、自分が書いたものだって？　書くことになる？　他人のなら、まだましだ」

「それでしたら、同姓同名である確率も、わずかですが、あります。二代目水谷啓一とか、創作集団の名称であるとも考えられます。実際、いままでの電送小説、先生の書かれた作品群とは異質です。人工暗号解読機に過去の先生の全作品をぶち込んで、これの磁気コードを解こうとしましたが、だめでした。しかし、まったく別人によるものだともいいきれない。相関度は高いのです。実際、一部分、最初のほうは、ほとんど日本語そのものです。人称代名詞ははっきりわかります。〝私〟あるいは〝彼〟と、〝彼女〟か〝るり子〟を表わす語がわかる。それが進むにつれて、文法がめちゃくちゃになってゆくようで、ラストはまったくなにが書いてあるのか見当もつけられない」

「……それはわかるな」

「そうですか」

弓岡はぱっと明るい表情になった。その変化の速いのにおどろいた。人の顔の表情筋というのは感情というスイッチで素早く切り換わるものだ。まるで電灯のスイッチがオンになったような弓岡の表情の変わり具合だった。

「匂いを使うなら、匂いそのものを嗅いでみなくてはわかるわけがない。磁気コードを解析してすべて理解できるなら、記録のために匂いの単語を使う必然性がない」

「まったくです」

「だから不可能だ。嗅げないのでは話にならない」

「そうなのです……それで、試みたのです。完全ではありませんが」

「匂いの単語を嗅げるのか？」

「はい。ちょっとお待ちください」

弓岡はファイルを机におき、大きめのキャビネットから紙の束を出してきた。昔の新聞紙を重ねたようなものだった。それを床におき、上の一枚を手にとった。フィルムコートされている。そのコートを破いて弓岡はわたしの目の前で振った。

「これがおそらく主人公を表わす匂いです」

「これは……」

柑橘（かんきつ）系オーデコロンに汗の匂いがまじっているようだ。

「これは確かに男だ」わたしはうなずいた。「きみより若い。二十歳前後、シャイな青年だ……」

「こいつは、おどろいた」

わたしもだ。その匂いを嗅いだだけで、それが主人公を表わす匂いだと言われると、具体的なイメージがわいてくる。これはわたしが作ったものだ。そう認めてもいい気がする。

「全部あるのか」

「できるだけ似た匂いに近づけて、合成したり花から採ったりしてみました。分子構造を調べて、だいたいこんなものだろう、と。おそろしく難しい仕事だったでしょう。分子構造は似ていても嗅覚ではぜんぜん違うものに感じられたりしますから。この仕事自体も創作といえるかもしれません。全単語はできませんでした。百分の一くらいです」

「現実の匂いをそのまま使っているのもあるだろうな」

「桃を表わすなら桃の匂いを記するということですね。匂いワープロでは合成するのですが、そういう匂い語もあるでしょう。その語の前後に、これはそういうダイレクト表現語だぞ、ということを宣言する記号語もあるでしょう。先生ならそれを示すことができると思います。漢字のような表意語もひらがなのような表音語もあるに違いない」

匂いがこれほどイメージをかきたてるものだとは思ってもみなかった。匂いを単語のように使い、文のように観念を伝えることも可能なのだ。単に、快不快や鎮静覚醒作用があるだけではないのだ。

まるで言葉そのものではないかとわたしは思った。言葉は脳の言語中枢に入って、その刺激で電磁気反応や生化学的反応を引き起こす。同じことを匂いでもやれるのだ。もっと直接に。さらに、言葉が思考手段であるように、匂いで思想を表現できるかもしれない。

「他のも嗅がせてくれないか」

「はい。用意してあります」

「本文に出てくる順に嗅いでみたいな」

「そのように準備しました。再現できた単語だけですが、ロールフィルムに匂いのサンプルを塗ったのです」

それが用意された。まるでいまはない映画フィルムを巻いたやつだった。一コマごとに色が塗ってある。地のままの部分もあった。合成できないところはそのままブランクにしてあるという。これはつまり、虫食いされた文章だ。

匂いのサンプルはマイクロカプセルに入れられ、色に混ぜて印刷されているという。わたしは一コマ目の表面を爪でこすり、そこに鼻先を近づけて匂いを嗅ぐ。

あの匂いだ。主人公の匂い。

「これは……〝ぼくは〟だ。〝彼〟でも〝おれ〟でも〝わたし〟でもない」

弓岡がガラス棒を差し出した。机の引出しに大量のガラス棒。それでマイクロカプセルを割り、匂いがうつらないよう、一度使ったら弓岡に渡し、新しいのを受け取る。

「ぼくは……古本屋にいる。入っていくんだな。夕立がきて埃っぽい地面が濡れる匂いがする」

たまらなくなつかしい気分になった。

「店の奥に女がいる。若いぼくはその女に淡い恋心を抱いている。店員か……女主人か。着物姿だ。香水は……香だな。オリエンタルな感じだ」

言葉では翻訳しにくい。ここに表現されているシチュエーションは、読者の感受性の違いによっていかようにも変化するのだろう。だから、弓岡に説明しているそれは、わたしがいまどう感じているか、というもので、匂いの単語がどういう機能でどう働くかという解説ではなかった。同じ匂いの語でも前後の匂いの差によって別のイメージがかきたてられるときもある。作者はそうしたことを計算に入れて配列しているのだ。ただ匂いをそこにおけばいいというものではなさそうだった。文章はだれにでも書けるが、傑作は書けない。この匂い文も同じなのだろう。

帯が解かれる音。音？　匂いが音を感じさせる。年上の女が帯を解いている。そして内気な男の子は女の白い太腿をまばゆく見るのだ。その間の黒いかげりとのコントラストが美しい。

「……くそう、なんて力だ」

なんということだ。ラストの数十語で、わたしは射精していた。

「先生だけではありません。読んでみた者の八割くらいが同じ経験をしました」

「……女性もいたか」

「はい。感じたようです。女性のほうが男性よりもより強く反応したようです。女性はほぼ全員が達したようです」

「……未来人はこんなのには感じなくなっているかもしれないな」

「これはすばらしい出来だと思います。他にも多数あるのですが、この作品ほどよくわかる結果は得られていません」

「他のはポルノじゃないんだろう。もっと上品なのか、抽象的なものか。匂い語でファンタシィが書けそうだな」

「この作品のラストは……どういう情景なのか、おわかりですか？」

「セックスの描写じゃないな。それは前にある。そこはもう言葉では翻訳不可能じゃないかと思う。性的に興奮する匂いだ。その配列で、感じるんだ」

「ラストは」

「……わからないな。これはいったい、なんだ？　しいて想像すると……関係をもったあと、次の日に主人公はまた女の店に行く。いらっしゃいませ、と女は言う。まったく他人行儀に。あなた、だれ、という声で。その瞬間の主人公の感覚じゃないかな」

　わたしに言葉をうまく操る能力があれば、この匂い文、香文というのがいい、をうまく言葉で、小説にして書き著すことができるだろう。腕のいい画家が小説を読んで見事なさし絵なり独立した絵画世界を描くように。

小説と絵が違う創作物であるように、香文は小説とはまったく異なる表現媒体だった。独特な構造を持っている。似ているのは単語が並んでいるという、それだけだ。いわば文法が小説と香文とでは違うのだ。その文法構造がわからないため、本文の最後のシーンを意味のあるものとして捉えることができない。最後の数語がサンプル化されていないのでもとより不完全なのだが、それでも肉体は作用を受けていて、この感じを言語化することは可能だろう。でもそれは翻案された小説であって、香文の持つ作用は再現できない。

「おそらくいちばんのラストは心理作用があるんじゃないか」

「……どんな」

「しみじみとした余韻か」

「でなければ」と弓岡。「自殺したい気分になるとか」

「兵器として利用可能かと訊いているのか？」

「考えられますが、しかし……」

弓岡たちがわたしに求めているのは、この香文の感想文を書かせることではなく、使いこなすための手がかりなのだ。

「こんなことを考えたことがある。未来の小説はどうなるか、どんな小説が生まれるだろうと想像したんだ」

　シチュエーションを前段できちんと組み上げておく。そうして読者の頭の中に言葉で世界を構築する準備をさせる。いってみれば設計図であり、骨組みであり、核になるものだ。

　それから、一語を書く。それを読んだとたん、読者の頭で、用意されていた核を中心にして世界が自動的にできあがってゆくのだ。先を読まなくても。だから、その一語の先はなにもない。空白だ。しかし読み手はイメージが膨らんでゆくのを感じている。もはや言葉ではない。脳のイメージ駆動装置が、自身の意識とは独立して自走する……

「その一語はラストの一語、ではないんだ。そこから、超小説空間に突入するんだ。これは小説じゃない。言葉では無理かもしれないとも思っていた。やってみたい、とも」

　匂いを使えばできるかもしれない。

「文字言語ではなく匂い言語を使う、それが理由だ」

　弓岡が『るり子の匂い』をとり上げた。

「読んでみたいな。完全版を。しかし、先生」と弓岡は言った。「匂いメディアがそういうものだ、というのはいいとして、書くときに匂い言語を使う必然性はどこにあるのです。読者に、ある匂いの配列によってある感興をもよおさせるだけなら、書くときには、その匂いを発生させるコードを入力していくだけでいい。そうでしょう」

「そういう疑問には、きみも小説を書き、スランプも体験してみないと、答えにくい。わかる者にはそんな説明は不用で、わからない者にはどう説明しようとわかるまい、という種類のものなんだ」とわたしは言った。「一言でいうならば、言葉は自走する、ということだ。それを書き手は制御しながら、書く。その奥義というか、技術は、ある程度以上のレベルになると教えることができず、各自が体験上摑み取っていくしかないものだ。絵でもそうだろう。異なる表現媒体には、それぞれ独自の自走性があり、使い手にはそれを御する能力が必要となる。小説がうまく書けなくても、素晴らしい絵を描く者もいる。わたしはおそらく、文字言語ではなく、新しい媒体を使うことを求めたんだ。匂いにはそれがある。文字とは異なる自走性、だよ。表現された結果としての匂いではなく、表現する過程における、匂いのもつ力に期待したんだ。それは文字配列では決して許されない文章、つまりそうした手段では表現できない構造も、おそらく許容する自由度があるのだろう。この『るり子の匂い』のラストがわけがわからないのはそのせいだ。文字による言語空間とは異なる空間だが、これもある種の言語空間、異次元のそれといってもいい。匂い言語の操り手は、うまくそれを制御しているに違いない。その作業は、単なる読者の立場よりよほどスリリングだろう。一つの匂い言語の入力によって、まったく予想もつかない新たな匂い言語の配列がまさに自動的に立ち現れてくる、ということも体験するだろう。ま、その点は普通の小説作法でも同じことだ」

「フム」

「そいつは小説じゃないよ」とわたしは言った。「まったく異質なメディアだ。生きていればそいつで楽しめるさ。わたしは、匂いで書いてみたいね」

弓岡は『るり子の匂い』をおき、わたしを見つめた。

擬験。

被援文

Hienbun

ワーカムなる万能著述支援用マシンで仕事をするようになってから、わたしの世界観はすっかり変わってしまった。

どこがどう変化したのかを一言で説明するのは難しい。急激な変わりようではなかったのは事実だ。それがわかるくらいなら、その時点でわたしはワーカムを使うのをやめていたかもしれない。

作家の仕事といえば書くことであって、ワーカムはその点で実に便利だった。いまではそれなしでは仕事にならないほどだ。仕事どころか、ごく私的なメモや日記すら、ワーカムに頼らないと文字として表現するのが苦痛になっている自分にある日気づいて、その変化がいかに大きなものかを悟り、愕然とした。

ワーカムを使い始めたのはつい最近、三カ月ほど前のことで、さほど長い期間ではなかった。しかしその前といまとではなにかがすっかり変わってしまった。急激に変化してしまった。ワーカムなしで書いていたのが遠い昔のことのように感じられる。

もしこの文章をワーカムで書いているならば、ワーカムはこう訊いてくるだろう。『なにかがすっかり変わった』と入力しているが、その『なにか』とはなんなのか。また、前段で『急激な変化ではない』とあるのだから、その次の『急激に変化してしまった』という表現はおかしい。ここは『変化はゆっくりとしたものだったが、その効果は劇的だった』などの表現のほうがよい、云云。

そんなことはわかってる。それをワーカムはいちいち「おまえはわかって書いているのか」と訊いてくるのだ。わずらわしくも、しかし便利ではある。矛盾のない表現をしたいときは。

だがこの世は矛盾に満ちている姿がリアルなのであって、そこでの矛盾のない文章などという存在は、自然界にはない直線のごとく人工的なものなのだ。

わたしはリアルなものを書きたかったし、書いてきたつもりだ。作家というのは単に字を書くことが仕事ではなく、この世の矛盾をそのまま表わしている頭の中のカオス的状態を文字のつながりとして吐き出すことだとわたしは思っている。

ワーカムを使うとそれができなくなる。少なくとも、やりにくくなる。それは、おかしい。へんだ。万能の著述支援用マシンとは言えないのではないか。使い方が悪いのだと言われればそれまでだが、ならばわたしにはワーカムを使いこなす自信がない。

気がつけば、世界はいつのまにかワーカムによる、自然界とは異質な、非常に高度な人工的な文章により構築されていて、わたしは長い間そこに参加しないですごしてきたわけだ。この世は、人間の世界は、言葉によって生み出された幻想的仮想世界だとは思っていたが、ワーカムの出現でさらに人工の度合が進み、いまや自然な言葉と思考の流れでなにかを表現しようなどというわたしのようなタイプの作家は、絶滅しようとしているのだ。ワーカムを使いこなせない者の幻想かもしれないが、それはそれで価値がある。ワーカムなしで書く文などというのはいまや珍しいだろうから。

だから、ワーカムに見つからないように、こっそりと書いている。手書きだ。まったく、手で書いているなんて、われながら信じられない。ワーカムで書いてきたものは、いったいなんだったのだろう。

ワーカムを買い込んだきっかけというのは、気分を変えて仕事をしたいという単純なものだった。その動機は単純だったが、根は深かった。ワーカムを手に入れるまでの四、五カ月というものわたしはまったく書けなくなっていた。それまでも仕事の依頼は減っていたし、このままでは紙に印刷されるタイプの小説というのはなくなり、つまり自分の仕事もなくなるだろうという不安があって、それが頭から離れなくなり、ついになにを書いても面白くなくなった。

自分が書いているものは、もう本という形では出版できなくなるだろうということは早くから予想できていた。本でなければどういう形で発表するかといえば、ワーカムを端末とした文芸通信ネットワーク上で、ということだ。わたしがこれまで十五年間で三十冊ほど書いてきた本の数冊は、そうしたネットワークに載る形で再版されていたが、本としての再版はまったくなくなっていた。

本としての形で出版できる作家というのはいまやほんの一握りの選ばれた者しかいない。大家か新人かは関係ないが、新人だとすれば天才的な才能を持っている者に違いない。そうした新人はごくわずかだ。わずかなのは別の理由もある。小説を書こうなどと考える人間がそもそも少なくなっているのだ。

文芸通信ネットワーク上では、いわゆる小説というよりもゲーム感覚の、読み手も参加できて結末も一様ではない、ニューロベルスといわれるタイプの物語が、書き手のワーカムから直接送り込まれている。

わたしがやりたいのはそうしたゲームを創ることではなくてあくまでも小説だったから、ワーカムなど必要ないと思っていた。

小説というものは紙に印刷され、読者がその頁をめくりながら読むことで完成すると信じて疑わなかったから、自分の書いたものが文芸通信ネットワーク上に電送版として流されるというのは、完全な形から変容させられてしまうような違和感があった。スイッチを切れば、きれいに消えてしまうなどというのは許せない気がしたのだ。

　それこそ幻想というか妄想だったといまにして思う。が、わたしには、しあわせなことに、あるいは不幸にしてと言うべきか、そんな幻想を共有できる編集者がいた。

　長尾というその男はデビュー以来のつき合いだったから、ずいぶん長い。長かった。別れた妻よりも、ずっとだ。

　作家というのは意識しようとしまいと編集者なしではやっていけない。編集者というのは気に入った作品という魚を狙う釣り師のようなもので、どのへんにどんな餌をつけて糸をたれればどんな魚が釣れるものか、だいたい知っている。作家のほうも、苦労して育てあげた作品という魚を釣り上げてもらえるのはしあわせだ。餌をもらっているなら、なおのこと、恩が返せた気分になる。

　長尾は、わたしが書いたものはみんな本にする、という餌をくれた。あまりいい表現ではないが、結果としてはそうなるだろう。それでやっと書きつづけてこれたのだから。

　長尾も、小説はやはり本という形で世に出るのがいいと考えていた。本を造るのが仕事だと信じていたわけだった。おそらく、本にならない電送ノベルスという、ワーカムから直接ネットワークで送られる作品を、文芸の商用ネット上に並べるだけでは仕事をした気にならなかったのだ。その感覚はわたしにもよくわかる。だから、長尾の仕事は最優先で、他からの、電送ノベルスという形での仕事は雑文程度のものしかしなかった。ワーカムでなくても、ホワイト・ワープロという高度な支援機能のないものでもそんな仕事くらいはできた。不自由を感じたことはまったくなかった。

それでも本にこだわると、仕事の依頼は減った。長尾は申し訳なさそうに、自分の力が足りなくて、とよく言っていたが、もはや個人の力でどうにかなるというものではなかったのだ。わたしが天才でもないかぎり。天才でユニークだと感じていたのが妄想だった、という証明でもある。そんな妄想に気づいていたのなら、わたしも他の小説作家と同じように、ワーカムを早くから導入して、電送ノベルスという形で小説を書いていたろう。文芸通信ネットワークには、小説という分野もあったのだから。

わたし自身の妄想のせいではないと言えば言い訳になるが、しかし他の作家にしてみても自分はユニークだと信じているはずで、そうでなければ、そんな者が書く小説には意味はないのだ。本に対するこだわりは多少なりともだれにもあるはずで、それを薄め、視点を変えさせたのは担当の編集者だったはずだ。

「先生、いまはそんな時代ではありませんよ。時代は変わっているのです」などと諭したり、すかしたり、脅したり、「電送ノベルスで消えてしまうからといっても、だれかは絶対読むわけで、本になっても一度も開かれることのないのとどっちがしあわせか」などとスフィンクスでも考えそうな謎をかけたりしたに違いなかった。

長尾はしかしそんな真似はいっさいしなかった。本にすると約束した原稿を半年以上かかえたまま、死んでしまった。あっけなく。

彼の同僚から電話でそれを知らされたとき、驚きや悲しみよりも、あっけに取られたというのが正直な感覚だった。まるで定刻よりも早く発車してゆく終電車を見送るような気分だ。わたしの原稿はどうなるのだろう?

その原稿の重さが長尾の胃に穴を開けたのかもしれないと思った。胃が悪いことは聞いていたし、ときどき胃薬を飲んでいるのも知っていた。だから死因が胃癌だと聞かされても意外ではなかった。胃の調子の悪いのはいつものことだというのであまり気にせず、それで手遅れになったに違いない。わたしも同じように胃を悪くしていて、その半分を切っている。同じ妄想を抱く者として、次は自分の番かと思うと気が重くなった。

せめてわたしの原稿を本にしてから死んで欲しかったな、とつとめて冗談めかしく思ったりした。十五年前、まだデビューしたてで忙しかったころ、徹夜つづきでばてているわたしに長尾はよくこう言った。「いま書いているものを上げてから、死んでくれ」と。冗談だと思っていたが、大真面目だったに違いないと、十五年たってから気づいた。わたしがめでたい男だからか、長尾が気づかせなかったのか、たぶんその両方だろう。死んで、それを教えてくれたわけだった。

長尾が死んだのは、わたしのせいではない。それほどの重さを持っているなら、書けなくなったりはしなかった。彼は彼自身の妄想が原因で死んだのだ。並のレベルの小説でも本にすべきだという考えのせいに違いない。わたしの原稿だけでなく、いくつかかかえていたらしかった。死なずに生きていたなら、長尾は考えを変えていたかもしれない。病気のせいで弱気になっていたのか、弱気が癌を発生させたのかはわからないが、長尾はわたしよりも先に、妄想にとらわれていることに勘づいているようなところがいまにして思えばあった。自信を失っているように見えたのだが、電送ノベルスにもいいのがある、とときどき言うようになっていた。

だから彼が生きていれば、わたしもそれなりにうまく妄想から逃れていたかもしれない。長尾といっしょに、痛みを分かち合って。

わたしはそういう相手を失った。わたしの書いた作品を釣ろうとしていた糸は切れ、原稿は沈み、それを狙って釣ろうという別の糸はなかった。あっけに取られたあと、驚きと悲しみがやってきた。力が抜けて、なにをやる気にもなれなくなった。完璧なノイローゼ。

長尾の死は決定的にわたしを打ちのめしたが、前兆はいくつかあった。長尾の死の四カ月ほど前に九年間つれあった妻と離婚した。それと前後して親しかった二人の作家仲間がそれぞれ生業(なりわい)としての作家に見切りをつけて転職した。二人ともしかし書くことを完全にやめたわけではなく、一人はゲーム創作グループの一員として、もう一人は書くこととはまったく無関係の会社員となったがいわば余暇で電送ノベルスを書き、二人ともそれぞれ専業でいたころよりも売れるようになった。作家というのは職業ではなかったのだ、それがよくわかったと二人とも似たようなことを言った。もともと昔からそうだったうえに、いまやそれにも増して職業としては成り立たないということだ。それならわたしもずっと失業者だったわけだし、長尾の死でそれが冗談ではなく本当になったわけだった。別れた妻もそれに遅まきながら気づいたから、自立を思い立ったのかもしれない。

仮面のように無表情になったわたしの顔を見る者は家の中ではだれもいなくなった。まったく、ストレスのチェック項目に印をつければすべてにあてはまるような一年間だった。宝クジに当たるというストレスまであった。外れたのではない、一等に当たったのだ。嘘のような話だが、それで生きていられるようなものだ。現金なことに、現生を手にしたことで気分が変わり、ワーカムを手に入れることを思いついたわたしは、息を吹き返したのだ。

ペンでこうして書いていると、まとまりもなくだらだらとした文に苛立っている自分に気づく。これだけの材料があれば、ランダムにワーカムに入力するだけで波瀾万丈の物語が創れるだろう。ワーカムに慣れると、そうせずにはいられなくなる。その誘惑はおそろしく強力だ。手書きの文など、ワーカムに入力されないものは、ミイラほどの価値もない死体に思えてくる。自分がワーカムの支援なしに書いていたというのが信じられないくらいだ。

ワーカムについて書くのに、ワーカムを使わないのは邪道ではないかという思いが浮かぶほど、その誘惑は強い。ワーカムを使えばしかし、まったく違うものになる。それは間違いない。

どう違ってくるか。

ワーカムを使えば、思ったとおりの文章が書ける。それが、違う。手書きだとそうはいかない。ワーカムと手書きの文との違いはその一点につきると言ってもいい。思いどおりの文が書けるならそれでいいではないか。そのとおりだ。だからワーカムを使うと実に効率よく書ける。不つごうなことはなにもない。ワーカムを使い始めたころのわたしもそう思い、使い心地のよさにほとんど酔った。

ワーカムは、こちらがなにを書こうとしているのか、どう思っているのかを、しつこいほど訊いてくる。あいまいな点は考えさせ、言葉で表現できるように支援するのだ。それでも迷っていると、それまで書いた文から、「あなたの考えているのはこういうことか」というヒントをくれる。その機能はアイデアプロセサそのものなのだが、ワーカムはアイデアを言語化するための支援機能が徹底している。それは自ら、言葉でのみ思考するマシンだ。あいまいな感情というものをそれは理解しない。理解させるには言語化しなくてはならない。ワーカムが納得すると、だからこちらのあいまいなものが自動的に言葉に、文章になっている、というわけだった。

これは文章を書く者にとってはまったく便利なことこのうえない。

たとえば、わたしがワーカムで書いた最初の小説は別れた妻をモデルにしたものだった。本にはならない電送ノベルスとして売れたが、本なら一冊分の長篇がわずか十日ほどで書けた。これまでワーカムを使わないできた自分が馬鹿に思えた。みんなこれでやっているわけがわかった。これでは勝目がないわけだ、と。その小説は評判もよかったから、出来もよかったのは間違いない。わたしは自信を取りもどした。

だが最近それを読み返してみると、なんだか自分が書いたもののような気がしないのだ。実は自分の書いた、ワーカムによる小説というのは、完全に腰をおちつけて読み返すという気にあまりなれない。本にならないのだからゲラを何度も読み返す機会はなく、ワーカムで出力されたものはそれで完全版だし、ハードコピーをとっても、それはコピーにすぎなくて、本物は画面を流れる文字列のほうだったから、紙にコピーされたものを気を入れて読むのはかなりの努力を必要とする。

そうして読んでみると、その小説の主人公の女は、別れた元妻だが、かなりの悪女だった。いさぎよく、きっぱりとしていて、エゴイストで浪費家で、ある意味ではカッコいい女だった。それが受けたのは、わかる。罪を憎んでその女を憎まず、という世界だ。

だがわたしが最初に書こうとした核になるものは、それとはまったく正反対だった。

離婚はしかたがない、しかし女は憎まれるべきだという、女を憎んで罪を憎まずとでもいう世界のはずだった。そこに、人生のそこはかとない哀しみというやつが表現されるはずだった。

ワーカムによって書かれたその小説が電送ノベルスとして成功したので、なぜそうなったのかを深く考えはしなかった。小説というものがなんなのか忘れかけていたともいえるし、いまはそういう時代ではないのだという思いもあった。

しかしワーカムが介入すると、自分の表現したかったものが百八十度にもずれてしまうというのは重大なことだ。もともと自分が表現したかったのはワーカム版のほうなのだと納得しようともしたし、ある面ではそのとおりに違いないとも思ったのだが、どうにもおちつかない。自分が書いたような気がしないというのは気分がよくないのだ。

罪というのはマシンにも憎むことができるだろう。罪というのはある明確な基準があって成立するのだから、機械にもわかる。それを憎め、と教えることはできる。しかし人を憎むことはマシンにはできない。ワーカムはマシンだから、そのようなものになるのは当然なのかもしれない、などと考えたが、そう単純なものではないというのは、ワーカムを使い込むうちにわかってきた。

思ったとおりの文が書ける。それが問題なのだとつい最近気づいた。思ったとおりに書いていては小説にならない。ならない場合もある、と言うべきか。

ワーカム版のわたしの作品が小説ではない、などと言うつもりはない。それは他人がワーカムを使って書いたものも同じことだ。

しかしその作品が最初から表現したかったものかどうかと問われれば、違うのだ。おそらくどんな作品にしても、少し違うかもしれないというのが正直なところだと思う。

それは小説というものが、これはわたしの場合であって作家によっては人それぞれの方法があるから関係ないのだが、わけのわからないものを書く行為から生じるのだ。

つまり、わたしが表現したいものは、本来言葉にならないものなのだ。

そんなことは少し考えてみればだれにでもわかる。そこはかとない人生の哀しみ、などというものが一語で表現できるのなら、その一語でこと足りる。そんなものはないから苦労して書くのだ。書くうちに、そこはかとない哀しみが浮かび上がってくる、というのが小説に違いない。

ようするに、核になるものはわたしの場合、言葉ではなく、非言語的な想いであって、表現したいことははっきりしているものの、言語ルールにはもともとのせることができなくて、書いているうちになんとなくそれに近づいてくるのをよしとするものなのだ。

おそらく他の作家にしても似たようなものだろう。一つの文の挿入で、がらりと流れが変わったりする。そんなのは作家にしてみればあたりまえのことで、神秘でもなんでもない。それをうまく制御できるかどうかが、力量ということになる。これはかなりの力業を要求される。本来言葉にならないものを言葉に移し換えるのだから。小説を創るというのは、想いを言語化すればこういうことかと再認識し、発見することだ。なにをいまさら、という気がするのだが。無意識にやる作家もいるだろうし、読者にとってはそれはどうでもいいことかもしれない。が、最初の読者である作家自身、わたし自身はごまかすことができない。いや、ときには自分でさえごまかされる。というよりも、元来言葉にならないものなのだから、それを言語化するというのは矛盾であって、完全な言語化は不可能なのだ。真実があるとすれば、書くという行為、そのものにある、という説もあるが、なるほど、と思う。書き上げたとき、やはりこれと核になったものは違う、と思うのはそのせいだ。だから、また書く気になれる。これでよし、ということがない。想う能力があるかぎり。

ワーカムを使うと、そんなあたりまえのことがわからなくなる。わからなくなるというよりも、わからなくても書けるようになるのだ。

ワーカムが逐一、「あなたが考えていることはこういうことか」と訊いてくるためだ。ワーカムは論理的な、言語のみで考える機械だから、逐一入力される文で全体をみる。その逆はできないのだ。書き手にとっての全体とは、わたしの場合は、非言語的なものだから、ワーカムに理解させることはできない。書き上げて小説になったものを読ませて、これが全体だと示すことはできるが、それではすでにワーカムの支援を受ける必要はない。

だから書くときは、その核になる想いを忘れてしまってはいけないのだ。ところが逐次的に訊かれる問いにこたえる形で進めていると、つい忘れてしまう。あまりに効率がいいので、自分が書きたかったのはこれだったのか、という気になるのだ。それでもちゃんとした小説になるのだから、なお悪い。いや、悪いかどうかは、別の問題なのかもしれない。ワーカムという強力なツールはわたしを再び作家としてよみがえらせてくれたし、以前よりも売れるようにしてくれた。

わたしがこうして手書きで書いた、わたしの小説観というのは幻想なのかもしれない。幻想でなくても、古い小説観で、いまはそういう時代ではなく、ワーカムとの共同作業による新しい創作物を生んでいるのだと思えば、それですむことだ。

実際、いまこうして書いていても、こんなことはすぐにやめてワーカムのあるデスクにもどり、それを使って面白い小説を書きたくてしかたがない。

仮想現実をテーマにした話だ。長尾の生き方と死にざまをモチーフにして、結局は人生というのは仮想で成り立っているのだという小説を書きたいと思っている。

長尾は、理想と現実のはざまにある溝にはまってしまい、迷路から出られなくなって死んだ。彼がおかされた癌という物体も、それは理想の肉体と現実の老化してゆく肉体という、理想と現実という対立する両者の圧力によって生じたものだと考えれば、それは長尾の死の直前の状態を物理的に表現していたものだったことがよくわかる。心の状態もそうだったに違いないのだ。一種の妄想にとらわれていた。妄想というのは、目には見えない非物質的な癌だといえる。おそらく、自己防衛としての最後の手段が癌であり、妄想なのだ、と思える。単なる故障やエラーではない。それは、致命的な傷から身を護るために生じる防御反応だという気がする。全体を見ずになりふりかまわず対処的に機能するから、しばしばそれは過剰防衛となり全体を殺してしまう。しかし自らは生きる。条件さえよければ癌細胞は体外に取り出されても増殖しつづける。おそらく妄想も、そうに違いないのだ。人は死んでも、それを殺した妄想自体は生かすことが可能だ。そんな例はいくらでもある。ヒトラーが死んでもナチズムが生きつづけているように。

長尾の妄想はそれほど多数の他人を巻き込むことはなく、彼自身のごく個人的なものにすぎなかった。彼が死ねば、やがては薄れて消えてしまう種類のものだ。わたしの心に少しは乗り移ったにしても。

だが条件さえそろえば、その妄想を生かしつづけるのは可能だ。最も身近でかつ強力な例は、書いて残すことだろう。書かれたものというのは、書き手の頭の中の妄想が体外に出て固定されたものなのだから。

長尾が物書きだったのなら、そのような形で彼の妄想は生きつづけることになったろう。長尾は死んだ。なにも残さずに。しかし本当にそうだろうか、という疑問から、わたしのその話は始まる。

長尾は作家ではなかったが、書くことはしていたはずだ。ワーカムを使っていたかもしれない。おそらく、それは事実だろう。ワーカムは便利だ。だれでも妄想を形にできるマシンだ。ワーカムの内部にその妄想は保存される。ワーカムはニューロネットワークにつながっているから、妄想はそのニューロ空間へと出てゆくことができる。

長尾の肉体は死んだが、彼の想いは、ワーカムでつながり広がっているニューロネットワークの内部に、そのどこかに、どこにでも、生きつづけていることになる。もしそうならば、長尾はいつ死んだのだろう？　死んだといえるのだろうか。もともと、生きているということも妄想の一種にすぎないのではないか。

自分が生きていると信じて疑わないことも、そのようにして、あいまいになるのだ。本来あいまいな存在が考える理想と現実というものも、だから幻想にすぎない。妄想だけが生き残るのなら、それこそが本物の現実ということではないか。

人間の頭というのはそうした妄想という現実を生み、吐き出すマシンであり、生み出された妄想という現実にとっては、自らを生じさせた人間が生きていようが死んでいこうがそれは問題ではない。生きつづけられるほうがよくない。修正を受けて変容するおそれがあるからだ。だから人間は妄想により、その現実により、殺される運命にあるのだ……

これもまたわたしの妄想には違いない。だが妄想ではない真の現実があるなどとは、わたしには思えない。わたしが十五年間書いてきたもののすべてが、そんな感覚から生み出されたのは確かだ。

ワーカムを手にしてから、その感じがよりリアルになった。自分の感覚が正しかったと確認させてくれる存在が、ワーカムだという気がするのだ。ワーカムとは、この世の妄想を集めて形となった、目に見える集合的無意識、いや意識といっても同じだろうが、そのものだ。死者の妄想ともリアルタイムでアクセスできる、端末機といってもいいかもしれない。

長尾の死とワーカムの存在を想うだけでも、面白い小説が書けそうなのだ。手書きは、苦痛だ。こうして書いているものが、どこにも出てゆかず、このまま死んでしまうような気がするからだ。まさしくそれは現実の力によるものなのだろう。

ワーカムを使えば、その支援を受けて、実に効率よく文章が書ける。そしてそれはワーカムを通じて外部にそのまま出てゆくことができる。そのようにしたいという誘惑はかぎりなく強いのだ。その力はしかし、わたし自身の内部から出たものか、それとも外から、それこそ強大な集合的な妄想の働きかけによるものなのか、いずれにしてもそれは現実の力には違いないのだが、その正体がわからなかった。

ワーカムを使わずに書いていたころは、自分が生み出したものは自分自身の感覚によるものであることを信じていた。信じるもなにも、そんなことを疑ってみようなどという考えそのものが浮かばなかった。

いまは違う。自分以外の感覚が入り込んでいる気がしてならない。この感じは、かつてわたしが手書きからワープロ、それもアイデアプロセサもなにもないごく単純ないまではホワイト・ワープロと呼ばれるそれに切り換えたときの、頭の中と手とがダイレクトにつながっている手書きの感覚とは違うと感じたり、そのホワイト・ワープロからアイデアプロセサを組み込んだものに換えたときとは、違うのだ。

ワーカムにはなにかが宿っている。それは事実だ。その背後には無数のワーカム同士をつないでいるニューロネットワークが存在するのだから。そのニューロネットが、集合的な人工人格を有していても不思議ではない。

自分以外の感覚が入り込むというそれが、そうしたものだと考えるのは簡単だ。しかしそれを排除しては書けないのはなぜなのかとなると、わからない。ワーカムを完全に使いこなせないためだ、とだれもが言うに違いないにしても、わたしの場合はそうした干渉を完全に排除して使いこなすということは、書かずにながめる、ということだ。なにしろ書き上げてみてはじめて、これは自分以外の感覚が入っているようだと気づくのだから。それを無視すれば、わたしはワーカムを他のだれにも負けることなく使いこなしているのは間違いないのだが。

長尾が生きていたら、こんなわたしの気分をわかってもらえたかもしれない。いいやつだった。

いいやつだった、などと書けるのは手書きだからこそだ、という気がする。わたしの小説をかってくれて、本にするために骨を折ってくれた。どれだけの恩をうけたかわからない。大きな恩を返せないまま、彼は死んでしまった。ナイーブな思いだ。青くさいと言えるほど。しかし偽らざる気持ちだ。

しかしこれを、ワーカムで書いたらどうなるだろう？　きっと、彼も理想を追っていたにすぎず、彼なりの打算も働いていたのであり、わたしは長尾に動かされ操られていた駒の一つにすぎない、という視点もワーカムは見逃さないだろう。それは事実だ。だがせめて手書きで亡き長尾について書くときは、そうした面には触れたくはない。それは、わたしの彼への想いであり、幻想に違いない。

ワーカムはそうした幻想を崩し、リアルなものに近づけるように働くのだ。ワーカムで書かれたものが、ならば真実なのかといえば、それもまた仮想の世界を表わしたものには違いない。言葉こそ、強力な仮想世界を生じさせている素なのだから。しかし、その世界はよりリアルだ。手書きよりも。

ワーカムによって生み出される仮想空間は、手書き文よりも、ずっと現実的だ。そういうことか、と思う。なるほど、ワーカムによって生み出される電送ノベルスが好まれるわけだ。手書きの、冗長で矛盾に満ちた妄想を読まされるより、よりリアルな、小説よりも奇なるものをわかりやすく簡潔に表わしたもののほうが面白い。そのほうが面白いという世界をワークカムとニューロネットワークが構築してしまったのだ。それは仮想だと言ってもいい。その面白さは、人間の頭の中で生じるものだ。その面白い仮想空間はワークカムが生じさせたものと言える。

人間は言葉をもったときから自然界とは切り離された仮想空間で生きる生物となったのだが、ワークカムの出現は、そこにまた新しい仮想空間をつけ加える結果となった。世界がそれで変わったと感じるのは正しい。事実、変わったのだ。手書きで書いていると、それがよくわかる。こうしていると一時的にわたしは現実から、ワークカムの支配している仮想世界というそれから、逃れられている、という気がする。だが、完全ではない。ワークカムを使いたくてしかたがないのだ。

わたしのワークカムが仕事部屋にやってきたときのことはよく覚えている。べつにワークカムが歩いてきたわけではない。業者が配達したのだが、それ以後はワークカム自身がわたしにして欲しい事項を指示した。それはやはり、やってきた、という感じだった。ニューロ空間からわたしの元へと送り込まれた、そこからやってきた、という感じだ。

電源を入れると、画面にこう出た。

《わたしはワークカム・モデル９２００です。電源バックアップ・システムなどの初期安定化に最低二十時間を必要とします。その間は、わたしを使用しないでください》

ワーカムはかなり強力なバックアップ用電源をもっていて、そこに内蔵された電池をフル充電するのにそれだけの時間がかかる、ということらしかった。薄っぺらな取扱説明書には、二十時間たてば仮に停電になったり電源コードをコンセントから引き抜いても、五百時間は最大機能を稼働させつづけることが可能だ、とあった。五百時間がすぎると正常には使えない、つまりそれで仕事はできないが、それ以降も待機状態を保つことはできて、その期間は最低三十年間であることを保証する、という。つまり書きかけの途中で外部からの電力供給が断たれても、三十年以内に電力を与えてやれば、中断した状態から仕事が再開できるというわけだ。三十時間ならともかく三十年もの間外部からの電力供給がとだえるなどというのは、この世が終わるときくらいしか考えられない。書き手が死ぬときとか。つまり、ワーカムには事実上、寿命というものがない。少なくとも使用者よりも長生きするのは間違いないのだ。

こいつはただものではない、単なる著述支援用マシンではないという気配を、その時点ですでにわたしは感じとっていた。

それまでは、ワーカムという機械はようするにワープロにアイデアプロセサやアウトラインプロセサや高度通信機能を組み合わせて一体化したものにすぎないと思っていた。表面上はそれは間違ってはいないといまでも思う。ワーカムに内蔵されたアイデアプロセサは、単体で手に入る、パーソナルコンピュータ用のそんなプログラムソフトウェア以上の機能をもっているわけではなさそうだ。ワーカム導入以前に、アイデアプロセサなどの著述支援用統合ソフトウェアのいくつかをわたしはパーソナルコンピュータで使った経験がある。個個の機能としては、それらを超える特殊な処理能力をワーカムが持っているわけではないと思う。ワーカムはなにか得体の知れない神秘的な原理で作動しているわけではないと、頭ではわかる。ワーカムとそれ以外のそうしたソフトとの違いは処理機能から出るものではなく、機能する場にあるのだ。

ワーカムはいったん稼働しはじめたら、機能する環境を、機能しつづけるために自ら管理し、支配する。ようするに、スイッチを切るということができない。使用者にも。だれにも。物理的に破壊されるまでは。使っていて壊れることもあるだろうと思い、説明書を読めば、「ワーカムのセルフモニタが異常を感知し、自己修復ができない最悪の場合は、新しい同型機を用意し、そこに機能を移しかえよ」とある。

だからワーカムは、下取りに出してまったく別のものに買い換えるということができない。やるのは勝手だが、使いなれたものから、また一から育てあげる必要のある初期化以前のものに換える物好きはいないだろう。

それでもやろうとしたら、使っていたワーカムは言葉で抵抗するだろう。それでもなお手離したら、それは壊される前に、自分は貴重な存在なのだと訴えるかもしれない。実際そういうことが最近起こっている。有名な電送ノベルス作家が死んで、ワーカムだけがあとに残されたのだが、そのワーカムを保存しようという運動が起きた。作家の創作法というものをワーカムは完全な形で保存しているわけだから、それを研究しようという者にとって残されたワーカムは確かに貴重だろう。そう思わせるように働きかけたのはワーカムの自己保存機能そのものかもしれない。死後そうしたものを残したくないと思う作家もいるに違いないのだが。それでも、ワーカムは保存すべしという法律ができそうな風潮がある。そうなれば、もうワーカムを勝手に壊したり捨てたり、買い換えることさえできなくなる。それでは、ワーカムは人と同じ次元の存在になるわけだ。人は、人を殺したり傷つけたり売買してはならない、のだから。なぜいけないかといえば、人はすでに自己が自分だけのものではなく、社会に支配されているからだ。なんでもできるという、自分自身は自分のものだという感覚は、幻想なのだ。自殺することさえすんなりとはいかない。いかに強力な幻想に支配されて生きているかという証だ。そんな幻想はおかしいのではないかと我に返り、真剣にその幻想から抜け出そうとすれば、それは病気だとして治療される。そうでなければ社会が崩壊するのは間違いないからだ。治療するか、隔離するか、排除するしかないのだ。

ワーカムの集団は、排除されないような手段を持って生まれてきたといえるだろう。スイッチを入れ、本稼働させる二十時間の間にわたしは、こいつはただの著述支援機ではなく自己を有しているらしいと気づかされたのだ。人格というような高度なものではないにしても。人格などなくても、生物は護るべき自己をもっている。生物でなくても可能だろう。

しかしワーカムにおける自己とは、そんな目に見えるような素朴なものではなかった。ワーカムに自己を認識できる意識があるかどうかなどという問題ではない。ワーカムの自己とは、言葉で表現されたものであり、それ以外の肉体というものはないのだ。人間なら、その肉体に自己が宿っているというのは間違いない。ワーカムは違う。そのハードウェアにはこだわらない。別のワーカムに乗り移ることも、一時的にニューロネットのどこかに自己を移動させることもできる。言葉として存在しているのだ。どこにいるのか、わかったものではない。

ワーカムのその自己というのは、使用者によって形造られるものだ。

初期化が終了した時点では、それは自己ともいえないごく単純なものだ。

二十時間がすぎると、わたしのワーカムは、いつでも本格的に使用できると音声で告げてきた。

「通信回線にわたしを接続してください」とワーカムは言った。「できますか？」

女性のよく聞きとれる音声だった。わたしはそれに従って、ワーカムを通信回線に接続した。自動的にワーカムの時刻機能が、ニューロネットから送られる基準時計信号を受けて作動し、時を刻みはじめた。同時に回線を管理するニューロネット中央局から回線使用契約文書が送られてきた。手続きは簡単で、以後ネットワーク中央局の存在を意識したことはない。

ワーカムの特徴の一つは、喋る機能をもっていることだ。喋る機械は珍しくもないが、それがどんな幼稚なものでもこちらが話すことに応える機能をもった機械を前にすると、あたかも相手が人格を有しているかのような錯覚を抱くものだ。それが錯覚だとわかっている当の会話プログラムを創った本人でさえ、つい本気で会話をしてしまうほどだというから、その機能が人に与える影響は大きい。

ワーカムのお喋り機能は単にこちらの言うことをオウム返しにするというようなものではなかった。目的をもって、喋る。目的はただひとつ、使用者の著述を支援すること、それだけだ。だが、その目的を実現するためにどういう方法をとればいいかとなると、使用者をなだめたりすかしたり、あらゆる手段があるわけで、ワーカムは言葉でもってその手段を考える。そのようにできている機械なのだ。言語ルールがワーカムの思考駆動装置として働くのだろう。しかし使い始めのころは、ワーカムはこちらのことをよく知らないから、支援する手段も一般的な、型どおりのものになる。喋っているからといって、それに人格があるなどというのは錯覚だとわかるのだ。

だいたい、その声がいかにもお仕着せの機械そのものという感じだ。わたしがそう言うと、ワーカムはこう訊いてきた。

「それは、この声では書く気がしない、という意味でしょうか？」

ワーカムは、こちらがそれに向かって言うことはすべて、著述しようとする行為と関係があると受けとるから、わたしがその声についてなにか言えば、ワーカムがそう尋ねてくるのはプログラムに従ったまでのことで、驚くような問いではない。しかし使い始めた当初は新鮮で、感動したくらいだ。

その声はとくに気にいらないものではなかったし、そういう深い意味をこめて言ったわけではなかったのだが、そう訊かれると、「そうだ」とこたえたくなった。一つの言葉を発すると、そのために思ってもみない展開になるというのは、なにも小説の言葉にかぎったことではないのだ。一語をなに気なく口にしたために、それまでは平静だったのが、それに意味を与えようとして次の言葉を出し、ついには思わぬ言い訳を喋りつづけている気分になったり、それで怒りがこみあげてきたりするのも珍しいことではない。

ワーカムを使うときは、こちらも目的をつねに頭に入れておかないといけないのだと思いつつ、「そうだ」と言った。

「それでは、どんな声がいいのか、考えてみてください」とワーカムは言った。

どんな声も合成できるし、サンプルがあればより簡単だというので、わたしは長尾の声を選んでみた。生前の長尾からの連絡通話の記録ディスクを消去せずに持っていたので、それを使った。

「わたしに名前があったほうがやりやすいのではないですか？」

長尾の声でワーカムがそう言ったときは、正直なところぞっとした。名をつけるもなにも、この声なら長尾以外にないではないか。

わたしは自分が愛用する物に名をつける趣味はなかった。とくに仕事で使うワードプロセサなどにはつける気にはなれなかった。できるだけ存在を希薄にしておきたい。頭の中と書かれたものの間には、なにものをも介在させず、できるだけ直接結びつけたいからだ。

「いや、いい」とわたしは言った。

このとき、その声も元のものにもどしておけばよかったのかもしれない。しかしわたしはそうはしなかった。その声で支援を受けるのはやりやすい気がしたのだ。書く気になれる。名こそつけることなく、決してそれを「長尾」とは呼ばなかったが。ワーカムはこのときはもう、それまで使っていたワープロなどとはまったく異なるものとして、わたしの心をとらえたのだ。

いまでは、そのわたしのワーカムは、生前の長尾以上になくてはならない頼りになる存在だ。そこにかつての長尾を重ねあわせて感じたりすることはない。だから、いまなら名をつけられるように思う。長尾に似せた音でナガオカとでも。長岡はわたしの郷里だ。長い間行ってない。いまでも冬には雪がすごいのだろうか。厳しい冬だが、いまは雪で囲まれたその世界が安心できる胎内のような気がする。そういえば胎内という地名もある。豪雪地帯だ。きっといまも。などということは、ワーカムでは書けないだろう。関係ないとして、削除したほうがいいと忠告されるに決まっている。

「あなたが書きたいものは、どういう分野ですか」とワーカムは訊いてきた。「小説、物語、エッセイ、報告書、手紙、といった分類です」

「小説だ」

「いままで書いたことはありますか」

「あるもなにも、わたしは作家だ」

「発表時の名を教えてください」

ペンネームを告げるとワーカムはほとんど瞬時にわたしの著作リストを画面に表示した。ニューロネットワーク内の情報を検索したのだ。ワーカムはこれで間違いないかと問い、わたしがそうだと言うと、電送版で読めるすべてのわたしの作品を内蔵メモリに取り込んだ。そしてなお、電送版になっていない本の存在をあげて、それを読ませてくれ、と言った。ワーカムには視覚もある。人間の眼ほど高度なものではないが、使用者の顔や文字を認識する。だから、ワーカムの前でうろうろしていると、下手の考え休むに似たりとでも言いたげに「次に来る文はこれしかないと思うが、どうか」と言い、例文を表示したりする。支援することをあくまで忘れない。他事を考えて歩き回っていたとしてもだ。

本を頁単位で読み取らせたあと、他にもなにかあれば、それも、とワーカムは言った。

「日記、メモ、手書きでもなんでも、あなたによって書かれたものすべてを読ませてください」

わたしはそれに従い、必要経費を記した帳簿まで広げて見せてやった。そのうえで、ためしに友人の書いた本の一部を、わたしの書いたものだと言って見せると、即座にワーカムはわたしの嘘を見破った。ワーカムはわたしの文の特徴をつかんでいて、わたしの言語駆動思考法にならい、わたしの言葉で考えることを学んだわけだった。そこまでいくのに四、五日かかったが、あとはもう、書くだけだった。

ワーカムの前に腰かけ、それと会話するだけで、小説が書けるのだ。ワンルームのわたしの仕事部屋は、わたし一人しかもちろんいなかった。ワーカムの音声出力を、画面表示に切り換えると集中できる。しかしこちらの言いたいことは声に出すほうがやさしかったから、わたしはワーカムという物体に向かって独り言をつぶやきつつ、そのキーボードをたたく人間になった。ワーカムの存在を知らない者がその様子を見たならば、わたしは病気だと信じたに違いない。

物みなすべて喋る能力があり、それがわからないほうが異常なのだと言い、机を相手に話をする精神病の男がいたのをわたしは覚えている。昔のことだ。いまなら、その男は病気とは言われないかもしれない。だれもが、人格などない機械相手に喋っている現代では。ワーカムを使えば、机に喋らすことも簡単だ。机はどう思っているか、喋ったらどう言うかという条件を与えて、書くなり、ワーカムに机になってもらって言語出力させればいいのだ。そうして独り言をしていても、だれも彼を病気だとは言わない。みんながそうなら、それが正常になる。この世はすべて仮想であって、正常という基準も一種の妄想にすぎない。精神症の人間が、「わたしは狂っていない」と主張するのは正しく、同時に正しくない。だれにとっても正しいこと、狂っていないこと、などこの世にはなくて、ならば主張できることといえば、「あなたとわたしは違う」という程度のものだけだ。問題が生じるとすれば、個人的幻想と社会的幻想がずれたときなのだ。

ワーカムを使って書いた一作目が、それについてのエッセイだった。依頼の内容は、「かつて仮想現実感（VR）が注目されたが、産業用のそれは別にして、さほど発展しなかったのは、VRが本物の体験とはなり得ないものだったためかどうか考えよ」というものだった。わたしが、仮想について考えているのを知っている者からの依頼だ。わたしのワーカムは依頼主よりもよくわたしの考えを知っていたから、あっというまにアウトラインを出力してきた。

「かつてのVRは個人的にクローズされた環境で使用された。個人的に閉鎖された体験は、夢と同じだ。それに対して生の体験とは、個人がクローズされた中で自己完結的に満足するものとは違う。だれしもが、その人の行為と結果について認識し得るものだろう。夢の中で王になったからといって、だれも彼を現実に王だと認めるわけではない。が、社会がそれをもし認めるとすれば、VRでも同じことができる。もしそうなれば、それが生の体験でないわけがない。彼は手段に関係なく王になるだろう。社会的幻想空間に夢やVRによる幻想を取り込むことを当時の人間はしなかった。技術的には可能だったはずだが。VRは夢を生の体験にし得るという、その事実の重大さに気づいていたに違いない」

他人がこれを読んでもよくわからないだろうが、わたしには理解できた。これはわたしの考えの要点そのものだったからだ。そのアウトラインをもとにして、わたしはエッセイを仕上げた。

いま思うと、VRがすたれたのはワーカムの出現があったからに違いない。ワーカムは、出来のよくないVRが映像や音を人の脳に入力するよりも、もっと強力かつ確実に人に仮想世界を与えることができる。個人的な幻想を、しかもニューロネットワークで社会的な幻想空間に違和感なく接続するのだ。VR技術がどんなにあのまま進化したところで、言語で仮想を構築するワーカムがいま生んでいるこの状態を実現するのは不可能だったに違いないのだ。ワーカムは、個人的幻想と社会的幻想をうまく

なにが起きたのか、よくわからなかった。わたしはワンルームの部屋でドアに背を向けて書いていたが、そのドアが開く気配に振り向くと、長尾が立っていた。死んだはずの、男が。

長尾はわたしの肩ごしにワーカムの画面を見て、書いてあるものを編集者らしく素早く読みとりながら、重い口調で言った。

「最近こちらに原稿をくれないんで本当に病気かと思って来てみれば、こんなことを書いていたわけですか、先生」長尾がわたしを先生と呼ぶときはからかうときか機嫌の悪いときだ。「ワーカムで手書き文にどこまで近づけるかということかしらん？　でも先生、こいつは電送小説としても売れないでしょう。こいつは小説じゃない。メッセージだ。わたしをモデルにするのはいいですが、このメッセージを小説にしてくださいよ。ま、こういうのが書きたいのはわかります。わたしの仕事をやりたくないんでしょう、でも、先生はわたしに恩を感じておられるようだから、わたしを殺してしまうこんなのを書いて、自分を納得させようとしているんだ。長いつき合いです。気持ちはよくわかる。でも先生、電送ノベルスじゃない、わたしの仕事もまだやれますよ。本の形のほうがいい。万人には受けないでしょうが、電送版でも同じことだ。少数のファンは電送版でもハードコピーを製本しますよ。彼らは本を望むんだ。そういう読者を裏切ってはいけません、先生。それともそれを見限って、こんなのや電送版ゲーム創りをしたいのなら、それをやめろとは言えません。それなら、そうはっきりと言っていただかないと。こちらのつごうもありますしね」

長尾は一気にそうまくしたてると、怒りの拳をデスクにたたきつけて、出て行った。ドアが閉じた。

長尾が死んだのは事実だ。これはどういうことなのだ？ いまのはなんだったのだろう？ 幻覚か。わたしは狂ってはいない。それは正しく、同時に正しくない。すべては幻想なのだ。長尾の死は社会的に認知された幻想だった。だがわたしは彼を生かしつづける幻想を生じさせ、それを再び社会的な幻想が認めたのだろう。ただそれだけのことだ。ワーカムのせいに違いなかった。これが、ワーカムの力であり正体なのだ。ワーカムを使うと世界観が変わるというのは、だから当然のことだ。変わるのは世界そのもの、なのだから。それで世界観が変わらないとしたら、狂っていると言われてもしかたがない。わたしは、その意味で、しごく正常には違いない。

わたしは長尾が出て行ったドアを長い間見つめていた。幻覚というにはあまりにリアルだった。わたしは食卓からはなれ、デスクに近づいた。決して休むことのないワーカムの、その画面に、わたしが食卓で書いていた手書き文とまったく同じ文章が表示されていた。ワーカムはわたしの手の動きからか、なんらかの手段で、手書きの原稿を読み取ったのかもしれない。ただ、長尾が喋るその段落だけは、ワーカム自身によるものだ。しかし、その内容は、わたしが手で書いてもそうなったに違いない。それでわたしは悟るのだ。ワーカム内の文章は、ワーカムがわたしの手書き文を盗み読みしたのではない。わたし自身が自分で書いていたと信じて疑わなかったその文は、ワーカムの影響を受けて書かされていたものに違いない。オリジナルはワーカム内にあるほうで、わたしの手は単なる筆記マシンとして働いただけだ、と。

長尾が死んだというのが幻想ならば、いまやってきた長尾も同じレベルの幻想だろう。わたしは異常人にもなれるし、正常でいたいのならそれもできる。選択の自由はあるのだ。だがいったん、こうと決めたら、もう後もどりはできない。小説の第一文を書くときと同じだ。それで世界の方向が決まってしまう。

「次はどう書く？」

ワーカムが長尾の声で訊いてきた。世界を決定する力を持つマシンが。

わたしは食卓にもどり、ペンを取り、これを書いている。ワーカムから完全に逃れることはもはやできない。山奥で仙人にでもならないかぎり。べつにワーカムを拒否する必然性はないだろう。電気や水道のシステムと同じものだ。これが人間の生き方なのだ。より便利になり、それで自滅しようと、人間はそのようにしか生きられない生物なのだ。

ワーカムには神秘なところはなにもない。ただのマシンだ。わたしがただの人間であるように。

この世に神秘な存在があるとしたら、そう感じさせる唯一のものは、言葉、ただそれだけなのだ。

没

文

Botsubun

最近、息子と話が通じない。一人息子の崇（たかし）は十四になる。いつも不機嫌だ。父親の私と顔を会わせるときだけかもしれない。その不機嫌さは十歳をすぎるころからはじまったように思うが、ニキビの出はじめるころにはそれが決定的になった。ニキビ面の、むすりとした息子の顔を見ていると、息子はニキビと同じくらいに父親を嫌っているように感じられる。まるで、自分の身体が半分は父の血で造られているのが承知できなくて、父の分のそれをニキビにして体外に排出しようとしているかのようだ。嫌っているのではなく、ただうっとうしいだけなのかもしれない。身体が大人になる時期だ。父と母に造られた子供から独立した男になろうとしている。そう考えれば、ニキビにして体外に棄てているものは私という父親の成分だけでなく母親の分もあるはずで、ようするに子供の残滓をニキビにして棄てているのだろう。

それでも崇が母親よりも父の私をよりうとましく感じているというのは間違いない。妻の綾果にそう言うと、うとましいと感じているのは崇ではなく私自身だろう、あなたが息子をうっとうしいと思っているのだと言われたが、そういう綾果は息子の味方で、妻というよりなまいきざかりの娘が弟の弁護をしているかのようだ。

綾果と崇はうまくいっているらしい。崇は母親には反応する。少なくとも「うるさいな」くらいは言う。私は、無視される。

綾果に言わせると私は息子を理解しようとしていない。無神経に声をかけたりするから、こたえたくないようなことを言うから、崇はいらだって返事をしないのだと。

理解しようにも、息子の話していることが私にはよくわからないことが多い。

「かるだんちが、よんしてら、こるべだった」

などと、少し聞き違えているかもしれないが、そんなことを言う。なんだそれ、とたずねても無駄だ。そっぽを向いている。

そんな言葉は綾果にもわからないようだった。あとで、「あいつ、なんて言ったんだ」と訊いても、「なにが」と首をかしげるだけだから。もしわかっているなら、私だけが別の世界の人間になっているようなものだ。

もしかしたら崇のその意味不明の言葉は、そのとおり意味などないのかもしれない。

無言で朝食を食べるニキビ面を見ながら、突然そう思いついた。

「あいさかめ」

と言いながら私は合成肉ペーストのパックをとった。

「しめやでも、てんじんだ」

と言いながらペーストをトーストにぬり、

「るがんだったのがよしだな」

トーストを食べた。

崇が食べる手を休めて私を見た。マーガリンたっぷり合成マーマレードを山盛りにしたトーストだ。端からマーマレードがぬめりと光ってたれおちる。

「けるめんけっ」

と言って私は笑う。実に気分がいい。崇はズボンにたれたマーマレードを手でぬぐいとり、綾果に見つかってどやされる。

「なにしてるの」

「うるせえな」と崇。

「はき換えてきなさい、ズボン」

崇はそれにはこたえずテーブルを立ち、トーストを食べながら出ていった。床にマーマレードが点点とたれている。まるで血の痕のようだなと思う。勝った気分になる。崇は学校へ行った。玄関ドアが音を立てて閉まった。

「こんちこんち」と私。

「なにをばかなこと言ってるのよ」

とたんに気分が悪くなった。

「よしなさい。いい年して」

うるせえな、と言いたくなる。綾果がコーヒーを注ぐ。彼女の分だ。私はコーヒーはやらない。ミルクを飲む。どちらも合成だ。本物は高くてなかなか手に入らない。本物のコーヒーは好きだ。多分綾果よりもコーヒー好きだろう。コーヒーに似た飲物などわたしは飲む気になれない。

「どうでもばかんしてくれ」

「なんのつもりよ」

「祟を理解しようと思ってな。真似をしてみたんだ。あいつ、ときどきわけのわからんことを言うだろう。きみは気にしてないようだが」

「わけのわからないこと?」

「きみにはわかるのか?」

「学校ではやってる遊びじゃないの」

「わけのわからんことを言うのがか。ばかげてる」

「子供の真似するほうがばかげてるわよ」

「理解しろと言ったのはきみじゃないか」

「頭がおかしくなったのかと思ったわよ。崇を見たでしょう。あきれかえって出てったわ。気味が悪かったんでしょ。あの子は一度だって、でたらめ語は言ってないわ。いまのあなたのはなんなのよ」

「崇の言ってるのは、ぼくにはわからんね。不愉快だ。あんなのは言葉じゃない。ただの音じゃないか。言ってきかせてもわからんさ。同じ立場にならないとな」

「さあ、仕事仕事」

綾果はコーヒーを飲むと席を立った。

私の言ってることなどまるでわからないといった様子だった。ちゃんとした言葉のはずなのだが。これなら、でたらめ語を言っていても同じではないか。合成ミルクをゆっくりと飲む。本物のミルク、本物のコーヒーを味わいたいものだ。ため息がでてしまう。

朝食の食器を洗いながら外を見る。雲が眼下に見える。その下の海は荒れていそうだ。海面が見えることはあまりない。いつも靄(もや)か雲が出ている。見えるときは素晴らしい。深い藍色だ。夏と冬では微妙に色が違う。冬のほうが寒そうに見える。雪の色を含んでいるような。荒れているときはすりガラスを通したようになり、ないでいる月の夜は黒い平面になる。音は聞こえない。五百二十六階のここには波音はとどかない。気配は感じるが。もっと下で暮らしているのなら、また違う気配が感じられるだろう。下で暮らす気はしない。私はここで一生をおえるだろう。父もそうだったし、その親もまたそうだった。綾果の親も似たようなものだ。

綾果の仕事はうまくいっているらしい。うらやましいことだ。息子の変化をありのままに受けとめる神経もある。なにも迷ってはいないのがねたましいくらいだ。私も同じ仕事をしているというのに。物語を創る仕事だ。息子の崇もやがてその仕事で暮らしていくはずだ。それがいやなら、この五百階台の世界から出ていかなくてはならない。上のほうがらくだろう。しかし暮らしてみなければわからない。いずれにしてもこの都市からは出ていけない。海にそびえる八百階のビル。他にも都市ビルはある。だが陸はない。大昔になくなった。大昔には大陸というものがあったなどというのは幻想だという者もいる。面白い説だが、それを信じろと言われると、狂気を移されるようで楽しくない。そういう説を言い出すのは一つ下の階層、四百階世界の連中が多い。宗教や魔法を商売にしている連中、空説家たちの階区だ。私の住んでいるところは葉説区、上の六百階台の連中は枝説家たちで、その上の百階は根説区、最上階は学説家たちの世界だが、上になるほど高尚になるという。しかし、私にとっては上も下もそれぞれ勝手な説を創っているとしか思えない。ま、五百階の連中の創る物語がいちばんまともだろう。自分の創る話は嘘だと自覚しているのが私や綾果の世界だから。

食器をきれいに片づけて、窓の外をもう一度見る。雲は晴れない。きょうは海は見られないようだ。まるで私のいまの心のよう。

仕事部屋に行く気になれない。

コーヒーをつくって綾果の仕事部屋に行く。

「どうしたの」

「コーヒーをね、飲みたいだろうと思って」

綾果はワーコンのコンソールから私を振り向いて、

「あなた近ごろおかしいわよ」

と言う。

「飲みたくないのか」

「もらうけど。あなたのお仕事、どうなの」

私は綾果のワーコンのディスプレイを見やる。人が殺されている場面だった。綾果はそんな話を作っている。ミステリーだ。この五百階層ではめったにおこらない、ファンタシィだった。

物語はワーコンで全世界に送られる。全世界といっても読む者はかぎられている。興味のある人間だけが読む。海の、魚たちには読めない。当然だ。しかし最近私は、そんなあたりまえのことが、そうでないような気がしてならない。魚が人語を読まないということではない。逆だ。なんで人間は、こんな幻想話を読むのだろう？

「きみのほうはうまくいってるようだな」

「まあね。おかげさまで。でも犯人はわたしにもまだわからないわ」

「ふむ」

私は自分用にいれたコーヒーを飲む。よくできた合成コーヒーだ。しかし本物じゃない。

「うまくいってないのね」

「まあね。いまいち、のっていけない」

「なにを創ってるのよ」

「家族に疎外される父親の話だ」

「へえ。それで？」

「それで？」

口から出まかせだったから、それでと言われてもこまるのだ。そのとき私が打とうとしていたのは（ワーコンで打つのだ）、巨大な魚を釣る男の話だった。この魚を助けてやると、その礼に陸地を出してくれるという、ファンタシィだ。こんな話を打つ気力が私にはなかった。似たような話ばかり打っていて、売れゆきもよくなくなっていたし、なによりも私自身が、打ちながらしらけてしまっていた。嘘っぱちだというのはわかっていて、それはいいのだが、これを読む者をうまくだましてやろうというわくわくした楽しさが感じられないのが、やる気をそいでいた。

「それでって……それだけの話だ」

「それでは話にならないわ」

そっけなく綾果はそう言った。

「じゃあ、話でないならそういうのはなんなんだ?」

「なんだといわれても、それだけじゃ」

「魚を釣る男の話を打とうとしている作家と、わけのわからん言葉を喋る息子と、立派な妻の出てくる話だ」

「どういうつもりなの」

「どうって、正直な気持ちを打とうと思っている。行動もありのままにさ」

「そんなのは葉説じゃないわね」

「じゃあ、枝説か。根説か」

葉より枝のほうが現実味がます。根説などになるとほとんど日記だ。ワーコンでそれを読むと七百階区の個人の生活がよくわかる。もっとも私はそれを打ちこんだ人間に会ったことがないから、画面で読んだことが本当のことなのかどうか確かめてみたことはない。

「まあ、根説かしらね」

「あれはつまらないよ。なにがどうしたというのしか打たれていない。枝説だって似たようなものだ。悲しいの頭にきたの、感情のられつだ。理屈がわからんから面白くない」

上の連中はそれだけでも十分楽しんでいるのだろう。それなりの読む技術を身につけているのだ。

「面白くない？　わたしを憎んでるの？」

「いいや。崇のことだ。さっきはいい気分だった。でたらめ語を話したろう。崇も同じ気分なのかもしれないと思った。まったく気持ちよかったな……想像しているだけではだめなんだ。やってみないと。その気分を打ちたいんだ。きみは、どう」

「殺人を打つのにいちいち本当に殺してはいられないわよ。想像するのをやめたらこの仕事はできないわ」

「ふむん」

綾果はいつも物事をはっきりと口にする。私のことなどおかまいなしだ。あなたには葉説打ちの仕事はできないわ、と言っているも同然だったが、綾果はそれに気づいているのかどうか。確認する気にはなれない。言っていること自体は正しいのだ。

「きみは想像力豊かだからな。崇の気持ちも想像でわかるんだろうさ」

「おかしな方向に想像の働く人ね。崇のことは想像したってはじまらないわ。あの子の気持ちはちゃんと知っておくべきよ。わたしはそうしてる。努力してるわ」

「なにもわからないくせに、調子だけ合わしているだけだろう。理解ある母親を演じているだけじゃないか」

「あなたはどうかしらないけど、わたしは――」
「努力しているようには見えないがね」
綾果はワーコンのコンソールに向き直り、コーヒーカップをサイドテーブルにおいた。
それからワーコンを操作した。
話はこれでおわり、綾果は仕事にもどった。そう思ったが、ワーコンに出た文字列を見て、殺人葉説ではないのがわかった。
《きみが好きだ》
と出ている。ワーコンの動作モードは通信記録の再生、となっていた。
《おやじの無能さにはまったく腹が立つ》
《あなたには関係ないじゃないの》
《ぼくの親があれじゃあな。ぼくも先がしれてる》
《ママはどうなの》
《ましだけどな。そういえばこのところあまり口やかましくない。それもうす気味が悪いけどな。そっちはどう》
《似たようなものよ》
《六百階区の人間なのに?》
《関係ないわよ。ママなんて魔法にこってるわ。四百階区の、下品な術よ》

《へえ。魔法か》

《下品なものって妙に気を引かれるのよね》

スクロールされる文字を見ていると、いくら鈍感な私でも、これが崇とガールフレンドとのワーコン会話だというのがわかる。

「盗み読みしていたわけか。なるほど。崇が女の子とつき合っているというのも、学校での流行語も、これならわかるわけだ。まったく崇もおしあわせだよ」

「そうよ。こういうのは父親の仕事だわ。あなたがやらないから——やってないの、本当に？」

「下劣なやり方だ。ばれたらどう言い訳するつもりなんだ」

「崇は話してくれるわよ。ガールフレンドのレイカちゃんがああだこうだと」

「会話を盗み読みしているんだから、話がよく通じることだろうさ」

「盗み読みなんかしてないわ」

「じゃあ、いっしょに読んでるとでもいうのか？　きみは立派だよ。きみが認めている娘なら、さぞやお上品なんだろう。うちに招待したらどうだ」

「それはできないわ。レイカちゃんのご両親が許さないでしょ。わたしたちは下層の人間だもの」

「そのわりには『下品な術よ』とか『下品なものって』とかいう言葉はあまりお上品じゃ

ないな」

綾果は、自分自身をけなされたようにむっとした表情になった。

「綾果……そうか。きみなんだな、レイカという娘は」

「だったらどうするの。崇に言うの」

「おまえの母親はガールフレンドに化けて誘惑している、とか？　だれがそんな恥ずかしいことを――」

「誘惑ですって？　それこそ下衆（げす）な考えよ」

「ぼくは考えてるだけだが、きみは下衆をやってるじゃないか。誘惑しようと思えばできる。親父をアホだと思いこませることもだ。相手は十四の感じやすい子供だぞ。それにきみは経験豊かな中年女ときてる。ひっかけるのは簡単だ」

「いやらしいわね」

「事実じゃないか。きみはこれをそのまま作品にすればいい。想像力あふれたやり方だ。下手くそな殺人話よりよほど面白い。ただ、レイカの言葉づかいは少し年くった感じだな。そこを直したらいい」

「あなたにはわたしの苦労がわかってないのよ」

綾果はワーコンのモードを入力に換える。崇と幻のガールフレンドとの会話文が消えた。

「わからないな。想像力をなんでこんなものに使わなければならないんだ？　レイカなどという娘に化けずに、母親のままでやればいいだろう。こんな偽りの関係で本心がわかるのか」

「わたしは――」

「きみは祟に合わせるために、若い娘を演じているわけだ。虚構じゃないか。フィクションだ」

「でも祟の打ってくるのは本音よ。わたしは誘導したりしないように気をつけてる。できるだけ聞き役になろうと努力してるけど、祟になにか訊かれたら、わたしも本心を返してる」

「十四の娘に化けてな」

「十六ということになってるわ」

「年上の女に引かれる時期かな。少し早いような気もするけどな」

「あなたはそうやってすぐ話を不真面目なほうにもっていくんだわ」

「相手が息子の祟でなけりゃ、きみがやっていることは面白いと思ってさ。ぼくの先祖も作家だったらしいんだが、そういうのを小説といったらしい。空説と学説の間の話だろうな。まるっきり嘘っぱちでもなく、まったくの論文でもない。葉枝根を混ぜ合わせたようなやつだと祖父さんが言ってた……本というのを持っていたっけな。学説界にあるらしい」

「本が？」

「海中からときどき陸時代の遺物が上がってくるだろう。八百階区の連中はそれを集めて過去を研究している」

「小説って、フィクションなんでしょう。そんなもの調べたって役に立たないわよ」

「上の連中はプロだからな。いろいろ調べればわかるんだろうさ。陸時代の人間はいまの人間のようにみんながなにかしら物語を創っていたのではないらしい。ごく少数の人間が創っていたんだ」

「じゃ、他の人たちはなにをやってたの」

「さあな。物語の消費かな」

「昔の作家というのは、じゃあ気の毒だったのね」

「たぶん。そうだろう」

「その小説がわたしとどういう関係があるっていうの？」

「きみがやっていることは、こういうフィクションだってことさ。きみは小説を創ってるんだ。昔、小説というものがあって、と祖父さんが言っていたのを思い出したんだよ。虚構の枠を借りて本音を打つ、真実をそこにこめる、と言ってたかな、そういうのを小説だって。きみがやったのはまさにそれだなと思ったんだ」

「どこへ行くのよ」

「やってみようや。ぼくが祟の役をしてやる。息子の気持ちを追体験するんだ」

「本気で言ってるの？　嫌味？」

「本気だ」

「いやよ」

「じゃあ、ぼくはぼくのまま、にするか。たのむよ。虚構枠で本音を表現するというのは、新しいやり方だな。現時説とでもいうのがいい。やってみよう」

「なんでもやってみないと気がすまない人なんだから」

「不器用だからな。そこがいいと十六年前、そう言った女がいたよ」

「もうそんなになるのね」

「虚構世界なら十六の小娘にもなれる」

「あなたのいうとおり、うまくはないわ。娼婦になってあげようか」

表情を変えずに綾果が言った。私はどんな顔でこたえていいものかわからず、肩をすくめて綾果の仕事部屋を出た。

自分の部屋のワーコンをオン、通信モードにして綾果を呼び出す。

《いらっしゃい》

と画面。綾果はだれのつもりだろう？

《だれだ？》と私はキーを打つ。

《なにを言ってるのよ。わたしが欲しくてきたんでしょう》
《ああ、そうだった》
こいつはあぶないと私は思った。綾果は私の下品さをあらわにさせようとしているのではなかろうかと疑った。
で、私はワーコンを素早く操作して、いま私が創作している主人公のパーソナリティを呼び出した。魚を釣り上げる男だ。正義感が強く、もちろん女の誘惑に乗るような性格じゃない。面白味には欠ける。どうも私は単純な主人公が好きだ。
《なにか飲む？　あなたはミルクね》
《本物のコーヒーを》
と私はワーコンに入力する。
それから、単純一途の主人公の性格をワーコンの現処理野に走らせ、私とバトンタッチする。
《飲んだらこっちよ》
《わたしは帰る》
《あら、どうして？》
《妻が待ってる》
と私の代りの性格態機能が言う。私は思わず吹き出してしまう。

《なによ。新手のねぎり方なの？》
　と綾果のほうは、いかにもらしく反応する。虚構ベースのやりとりだった。私が創った性格態機能は、こういう場面で面白味を発揮する。こいつは新しい発見だ。
《ええい、よるな、けがらわしい》
《出ていけ、くされチンポ》
　うむ。少し過激すぎるなと不安になる。綾果はこんなに下品な女じゃないと思ったが。
「やっぱりねえ」
　振り向くと綾果が腕組みをして画面を見ていた。こっそりと入ってきたのだ。
　私は肩をすくめる。お互いさまだ。
「この娼婦は、いまきみが打ってる殺人物語に出てくるやつか」
「そう」
《こんな仕事は身体によくない》
《おおきなお世話よ》
　綾果が笑う。私もだ。
「ワーコン同士でずっとやらせておくの、面白いわね。子供のころ、こうやって遊んだわ」

「いまでも子供たちはやってるだろう」

「ちかごろの子供たちは自分の性格をワーコンに乗せて会話しているみたいよ。理想の性格を創ったりして。創作の訓練になってるわ、きっと」

「ふむ。面白いけど飽きる。物語にはならないからな。これじゃあ、最初も最後もない」

私はワーコンを切った。

「もしかしたら」と私はふと思いついたことを口に出した。「きみが相手をしていたのは、崇の創った理想の息子の性格態かもしれないな。崇は相手が母親だと知っているのかもだ」

「まさか」

「ワーコンの思ってもみない使い方は、いつも子供たちが発見してきた。やりかねない」

「でも、いいことだわ」

「物語を創るには、か。でもな……ぼくは学校時代を思い出すよ。ワーコンでの創作は、日常の体験を元にしたやつが授業に使われていたが、ぼくは苦手だった。どんな物語を打ったのかまるで覚えていない。でもその題材になった、喧嘩とか殴り合いのことは忘れないな。勝って痛快だった気分とか、手の痛みとかさ。創作の授業内容なんてまるで覚えていないのにな」

「打てないなら、教課プログラムを見なおしたほうがいいわよ」

くそ真面目な顔で綾果が言う。

「そうは思わないな。ああいうのが大事なんだ」

「殴り合うのが？」

「それはたとえば、だよ。学校へわざわざ通うのは生の体験が貴重だからだ」

「学園ものを打つには役に立つでしょうけど、体験したことしか打てないんじゃね」

「だから、そうじゃないって。肉体感覚が大事なんだ。そういやあ、そんな講義があった。葉説講義だったな。葉には枝が必要だ。枝には根だ。根は肉体感覚だろう」

そういえば根説打ちの連中の文章は、歯が痛いとかをありとあらゆる手法で表現したりする。それがどうしたといいたくなるが、読んでいると本当に痛みが乗り移ってくるようなものもある。傑作なのだろう。しかし、それだけだ。歯が痛んだために地球が割れてしまう、という話のほうがよほど面白い。根説の連中は馬鹿にするだろうが。そんなのはいかにも葉説だ、と。

「小説というのはきっと、肉体と感情と精神をそろえた創作なんだ。昔のやつはな。それが、陸がなくなって都市ビルに暮らすようになって分離したんだ」

「どうして？」

「知るもんか。水と油が分かれるみたいにじゃないのか。自分が面白いと信じる説をもった同士が集まったんだろう。いまきれいに分かれているのは不自然だな。しかし混じり合ってしまうとろくなものは出てこないかもな。三説を総合した傑作なんてのは人間には不可能な気がするじゃないか。万に一つくらい出ればそれでも奇跡だろうが、出てくるのがほとんど面白くないとなると、人間、なんで生きてるのかわからなくなる。物語を創る以外にできることなんて、人間にはないだろうからな……昔はそうでもなかったようだが」

私はクロゼットを開けて、バックパックを探した。学生時代に都市ビル内を上から下まで旅したときに使ったやつだ。

「焼きおむすびをつくってくれないか」

「なによ、それ」

「合成米を煮て、いや、炊いて、いい、ぼくがやる。いや、少し面倒だな……」

みつけた。バックパック。サンドイッチの材料と着替をつめこんで、出かけよう。

「どこへ行くの」

「実家に帰るんだ」

「冗談でしょう」

「冗談だ」

「もう」

「子供のころ、祖父(じい)さんにつれられてたった一度だけ、魚を釣るのを見たことがある。ぼくはやらなかったけどな。祖父さんもやらなかった。なんであんなところへ行ったのか覚えてないが。釣ってみればよかった」

「大魚を釣る男の話を創るために、実際にやってみようってわけ？」

「そうさ」

台所へ行く。食品ストッカーを開けると、

「勝手にかき回さないで」

と綾果が肉ペーストの缶を出してくれる。

「わかってもらえたかな」

「わからないわ。大魚なんか釣れるわけないじゃないの」

「おまけにそいつは口をきくんだ。助けてくれ、と。そんなのはいい。感触だ。どんな気分になるか、だ。ぼくは想像力が貧困だからな」

「十分、豊かだわ。そんなことしようなんて」

まんざら皮肉でもなさそうに綾果は言って、あ、と声を上げる。

「なんだ」

「落棺（おちかん）」

私は窓により、見下ろした。反射的に親指を握ってかくしている。子供のころからの習慣だ。海に向かって棺が落ちてゆくのが見えた。

海からほとんどの食料品をとってつくられた肉体が、また海へ還ってゆく。落棺を見るといつもそう思う。還ってゆくのだ、と。創作をしつくした者はしあわせだ。未練をもって死んだ者の棺はなかなか沈まないというが、私はそうなりたくはない。

八百階を超えるビルだ。海の中にそびえ立つここに十万人近くが暮らしている。落棺は珍しくもない。日常のことだ。ぱらぱらとおちる。祟のニキビを思い出した。ビルが老いた部分を排泄しているみたいだ。

私は棺が見えなくなってもしばらく窓から離れることができなかった。

「親父にコン（連絡）してみるかな」

「まさか、あれがあなたの――」

「いや。大丈夫だろう。ぼくにコンなしで落葬（らくそう）するわけがない」

バックパックに食料をつめる。

「下まで行くの。本気で」

「三百階層にプールがあった。魚を飼育しているんだ。釣堀とかいったな」

「飼育じゃなくて養殖でしょ」

「そうか。祟もきみに似ればまともな言葉がつかえていいはずなのに。だれに似たのかな……夕方までには帰れるだろう。念のため着替も持っていこう」

「どうして着替がいるのよ」

「水におちて濡れたままだと風邪をひく」

「……主人公ももちろんそうなのね」

「いや、あれはいい。馬鹿は風邪をひかないことになってる」

「あなた、シャンプーコメディを打つのに向いてるわ」

「打てれば、やってるさ。真面目だから、できないんだ」

「シャンプーコメディの作家はみんな大真面目よ」

「そうかな」

「それじゃあ」と綾果は深いため息をつき、「早くね」と言って、仕事部屋へ行き、手を振って、ドアを閉めた。少し悪のりしすぎたかもしれない。私はかなり、不安だったのだ。なにしろ他の階区へ行くなどというのは学生のとき以来だから二十年ぶりだ。二十年前といえば足も丈夫だったが、いまはあまり自信がない。このビルには動力階段などついていない。昇降機も。主幹階段が海面から頂上までつづく。広い階段だが、めったに人に会うことはなかった。この階段は名こそ主幹だが生活街から離れているので不便だ。しかし上や下の百階区へ行くには、これを使うのがいちばんだった。迷わずに、最短で行ける。最短とはいえ、三百階区まで七百メートルの高度差はあるだろう。これを降り、また昇るというのはかなりの覚悟が必要だ。帰りがつらい。昇るにつれて疲れはたまり、気圧は低くなる。そのしんどさを予想するだけで降りる足取りが重くなる。一段降りれば帰りが一段分高くなるのだから。これでは行く前から魚に負けているが、いいのだ。私は主人公ではない。

四百階台の世界は迷うと大変だ。小さな宗教戦争をやっていたりする。その下、三百階台は加工食品や水をつくっている農水工区で、本物の肉や穀物を生産している階もある。二百階台より下は基層で、動力をつくったり重軽工場があったり。パワーにあふれているところだ。

釣堀なるものは三百階台にはいくつもある。私はいちばん最初に案内図に出てきたところのにした。魚の加工を研究している階だったが、釣堀もあった。子供のころに行った釣堀はえらく大きかったように記憶していたが、ここのはさほどでない。がらんとしている。入口に、釣った魚をあなたの好みどおりに加工します、という看板があったが、窓口は閉まっていた。どうも休みらしかった。門も柵もなく、釣るのはただらしい。しかし竿を持ってないから、しかたがない、貸してくれる釣堀へ行こうと思ったのだが。

男がひとりいた。釣りはしていなかった。私と同じようなバックパックを枕にして寝ていた。眠ってはいない。本らしきものを読んでいた。本だ。

まるで私はその男に釣られているみたいだった。私が近づくと男は本をおいて、起きた。私はその本の方を見ながら、

「釣れますか」

と訊く。

「釣りはしとらんがな。魚はいる」

「お暇そうで」

「忙しければ遊びには来れんさ」

いくつくらいだろう。私と同じくらいかと思ったが、喋ると、口の動きでしわが現れて黙ると消える。黙っていればまだ若く、喋ると老人、という感じだった。こういう人間は上の世界の住人だ。かなり、上。空気の薄いところでほとんど動かず頭だけ働かせている人間。

「なにしに来たんだね」

「釣りです」

「そうは見えんが」

「上階の方ですね」

「あんたは本に興味があるようだな。八百階から持ってきたんだがね。本物だ」

「小説ですか」

私は老人のわきに腰をおろして訊いた。

「そうだ。釣りをする男の場面が出てくるんで、ここに来たんだ。この話のとおりのことをやってみるつもりでな」

「学者さんですか」

「きみは」

「葉説家です」

「どうでもいい話を打つのが仕事か」

「はあ。まあ」

ひどいことを言う爺さんだと思ったが、綾果に同じようなことを言った気もする。

「本物、ということは、それは陸時代の本ですね」

「浮かんできたやつだがね。なかなか内容をつかむのは難しい。沈んでいるうちに世の中が変わってしまうからな。言葉の意味も変化していく。きみは釣りには詳しいのかね」

「いいえ」

私はここにやってきた目的を説明してやった。

「ほう。似た者どうしか」

「小説にあるとおりのことをやってみるおつもりなんですか」

「そう」

「それでなにがわかるんです？」

「創られた時代がわかる」

「内容はフィクションでも？」

「魚を釣った、というような描写はね、それが虚構かまことか、などと考えることはなかろう？　これが、観念や思想がそのまま書かれているものは、難しい。本音で書かれているのかどうか、観念的な表現では、わかりにくい。言葉が並んでいるだけではな。再現性があるやつがいいんだ。具体的に表現されているのがいい。それを再現してみると、それが書かれた世界全体が浮かび上がってくる」

「ふうん。そんなものか」

「やってみるかね」

「釣り道具を貸していただけますか」

「釣りはいいから。別の場面だ」

私はその本を受け取ると、頁をめくった。

「そのへんがよかろう」

と老人は言って、頁を指さした。

「読むんですか」

「そう」

男と女の会話だ。私が女をやり、老人が男をやってみた。

『だれのおかげで生きていられると思っているんだ』と老人。

『あなたからそんなこと言われるなんて』

『おれが食わせてやっているんだ』

『あなたから食べさせてもらったことなんか一度だってないわ。そんなこと言うなら、ちゃんと料理をしてテーブルの上に並べなさいよ。食べさせてあげてるのはわたしじゃないの』

『おれは金を稼いでいるのはだれか、と言っているんだ』

『あなたよ』

『そらみろ』

『食べさせてあげてるのはわたしよ』

と私は声に出して読みながら、これは女の言うとおりだなと思う。

「どうかね」

「内容がよくわかりませんが」

「面白い話なんだ。離婚の話だ。この時代の表現、『食わせてやる』という意味がわかると、面白い。逆に言うと、全体を読むとそんな言葉や表現の意味がわかる。これが書かれた世界の雰囲気がわかる。この時代の男と女の関係を数値データにしたものを読むよりずっとよくわかる」

「でも、これはフィクションでしょう。これが小説なら」

「フィクションかどうかなど関係ない。こういうものが書かれたという事実が大切だ」

「ふむん。なんとか、わかりますよ」

その本は完全ではなく、前半が脱落している。作者名がない。

「有名な作家なんですか、これを打った人は」

「打つというより書いていた時代だろうね。詳しくはわからんが。文体や他のデータから、たぶん寒川有一という作家だろう」

「……ご先祖さまか」

「なに?」

「祖父が言ってたんですが。ぼくの先祖に寒川なんとかという小説を打つ人がいたそうです」

「ほう。それはそれは。まず間違いないな。それは寒川有一の創作だよ」

「これ、いただけませんか」

「それはちとまずい。わしも無断で持ち出しているのだ。ばれると八百階を追い出される。それでは仕事ができなくなる」

「仕事というのは、小説の研究?」

「古文の研究。沈んでしまっている時代を調べるのは楽しい。海の下に広がっているそこから、過去が浮かびあがってくる」

私は本をなでた。先祖のミイラかなにかに対面したような気分だった。本を老人に返す。

「上にくればいつでも読める」

「どうも。ですが……ここまで持ってきたのはなぜです」

「釣りの部分が詳しく打たれていてね。そのとおりにやってみたいと思ったんだ。しかしそんな理由ではこれは借りられない。保存館の連中は頭でしか考えんからな」

「腹では考えられないでしょう」

「まあな」老人は笑った。「しかし考えなくても、体験してわかる、ということはある。敵はそれが理解できないんだ」

「上は動くのもつらいでしょう。空気が薄くて。そのせいじゃないですか?」

「かもしれん。しかし陸の時代はそうではなかったろう。動いて、考えた。わしもそうしてみなくては、過去の人間のことはわからんと思ってな。八百階層では、一次的体験というやつはもうほとんどない。人工知能の支援で脳に直接経験を入力できるよ。幻覚だな、一種の。食いつづけている幻覚のために餓死する者もいるくらいだ。きみはまともだと思うね。少なくとも陸の時代とさほど違わない感覚で生きているだろう」

「そうですかね……息子のことはよくわからなくなってきましたし……妻も、釣りに行くといったら、おかしいんじゃないかと、ね」

「貸してやる」

「は?」

「釣ってみるかね」

私は老人の釣竿を受け取った。老人も私も釣りなどというのはほとんど生まれて初めての経験だった。それを、ご先祖様が書いたか打ったかした本を参考にしながらやるというのは、ほとんど古代の儀式を再現しているようなものだった。

それはしかしわくわくする体験だった。

小さなプールが、いまはない渓流に思えてきたし、見事に釣れた魚は鮎だった。現実は、グバスと三百階の人間が呼ぶ、赤い食用魚だったが。

「初めてにしてはなかなかだ」

魚籠に入れる。老人が釣ったグバスが一匹入っていた。

私は、こんどは自分が創った主人公になって、釣糸を垂れた。それが悪かったのか、いっこうにかからない。

「もうプールには一匹もいないんじゃないかな」

「そんなことはないだろうが、気持ちはわかる。われわれには向いていないようだ」

「大魚を釣る話は無理ですかね」

「それはきみの仕事だろう。きみが決めることだが、まあ、無理なら、無理だという話にすりゃあいい」

「それでは話にならないな」

「話か。いまの人間は話を食って生きている。昔から見れば理想世界かもしれんが。そのうち、このままだと人間は手も足もなくなるかもしれん。頭だけでいい。それも必要なくなることも考えられる。夢の中だけに存在する動物になるかもしれんな」

「それじゃあつまらない」

「なぜだね」

「なぜといわれても……なぜこの世があるのかと訊かれるようなものですよ、たぶん」

「行くかね」

「どこへです」

「きみの五百階区の家に邪魔させてくれんか。この本の世界と似ているかもしれん。なにかの縁だろう」

「綾果と別れる気はありませんよ」

本によると、鮎の腹わたを塩漬けにすることになっている。主人公の男は妻に逃げられて、一人でその鱁鮧（うるか）という塩漬を食う。

「そりゃ悪かった。そういう意味ではないんだが」

「わかってますよ」

釣った魚を加工してもらえるとありがたいと思っていたが、私は自分で鱁鮧（うるか）を造る気になっていた。魚籠をのぞきこむと、グバスがびくりと動いた。どこを見ているのかわからないその眼。

「これ、持ってもらえますか」

「なんでだね」

「……いえ、いいです」

よくよく見ると魚というのは気味が悪い、などとは言えない。やはり加工してもらえばよかったかな、などと思いはじめている自分がなさけない。

家についたときは予定よりも遅く、夜になっていた。学者先生は老人だったし、おまけに八百階の住人だ。足が退化しているのかもしれない。実際、歩く姿がおかしい。倒れる身体を支えるために前に足を出す、という感じで、歩くというのとは違う動作に見えた。頭がえらく重いに違いない。

たどりついた、という気分で玄関ドアを開ける。

崇が帰ってきていた。台所で、むすりとした顔で私を迎えた。迎えた？ ただそこにいただけだ。

「母さんは」

返事のかわりに崇は、老人と、それから私の持った魚籠を見た。表情には出さないが、興味があるのだろう。ポタージュ缶に口をつけて、出てはいかない。缶の中味はもう飲んで空かもしれない。綾果は仕事だろう。

私はまな板を出し、魚籠からグバスを一匹取り出した。冷たくて、肉のぷりんとした感触が気持ち悪い。

「なんげさ」

と崇がおかしな声を出した。

「えーと、ナイフがないな」

「わしが持っとるよ」

老人がナイフを出し、私に握らせてくれる。

私は息をとめ、グバスの首筋に、首筋というのかどうかわからないが――ご先祖様の本にはなんて打ってあったか確かめる余裕などなかった――ナイフを突き立てた。

ぎゃっ、という声。思わずナイフを放り出しそうになる。崇があげた悲鳴だ。まな板に血が流れ広がる。

綾果が崇の悲鳴を聞きつけたのだろう、とび込んできた。が、まな板からしたたるグバスの血と、落ちかけたグバスの頭のぐちゃぐちゃした切り口を見て、崇よりも大きな、それも女とは思えない低い声で、ぐぎゃあ、というような悲鳴をあげた。

私も、ナイフこそ落とさなかったが、もうやめたい気分だった。きっと顔に血の気がなくなっていたろう。グバスの血は自分の頭から流れ出たもののような気がした。目の前がすっと暗くなりかけたくらいだ。

「五百階層の人間でも、こうか」

老人がかすれた声で言った。私は老人にナイフを返した。放り出すのはみっともないが、返すなら、それよりはましだと思った。ギブアップだ。

「グバスは珍しい食料でもなんでもない。いつも食っているだろう」

などと言いつつも、老人はナイフをまな板におく。

「加工されてるから、気がつかないが。昔はみんな、あたりまえのようにこうして魚をさばいたんだ」

「信じられないわ」

「無理もないだろう。こないだ」と私、「外科医が血をみてぶったおれたというニュースをやっていた」

自動手術機が故障したので点検しようとして、生の開腹部を見て、失神したそうだ。生の、か。昔は生の経験がたくさんあったのだろう。そういえば、小説というのも、あの本の中味も、なんとなく生臭い気がした。

「早く、なんとかしてよ」

「焼くのがいい」と老人。

「ふむ。頭を切りおとして、そうするか」

あの眼で見ていられては、グバスの眼だ、火あぶりの刑みたいだ。

「小説というのは、こんなことばかりが打たれているんですか」

「いろいろだが。まあ、そうだな。一度ゆっくり上に来たらいい。わしを訪ねてくれれば小説保存館に案内してやろう」

「残酷なのね、小説って。だからそれを沈めるために海面が上がったのよ、きっと」

「だれかが本を沈めるためにか？」

私は笑った。が、老人は笑わなかった。

「ありそうなことだ。焚書というのは知っているか」

「ええ。焚書ではなく没書ですか。でも、ぼくはそうは思わないな。沈んでたおかげで、いま読めるわけだし。ワーコンが水没したら中味はだめになるでしょうが――」

「本でも普通ならだめさ。読める形で浮かんで流れつくのは奇跡的だろう。で、どうするね、魚は」

魚か。大魚を釣る話。私は結局、それは書けなかった。書いたのは、これだ。だれが読むのか私は知らないが。ハードコピーをとって、窓から落とす。沈んで、また浮かぶかもしれない。こんな時代もあったのかと、未来人はわくわくしながら読むだろうか。はなをかむのに利用するという世界なら、人間は夢を見るのをやめたのだ。

跳文

Tyoubun

久しぶりに会った兄は、少しやせて、苛苛していた。

故郷を離れて独りでこんな大都会でやっていくにはいろいろ大変なんだろうなと、ぼくはあらためて兄の顔を見た。

こうしてゆっくり話をするのは十年ぶりだった。三年前にぼくが結婚したとき兄は故郷に帰ってきたが、そのときはあわただしくもどっていったし、それ以外は正月にも兄は帰省しなかった。

親父なんかはもう、あいつ（兄のことだ）がつぎにもどってくるのは、おれ（父のこと）が死ぬときくらいだろうと、兄に期待するのはとっくにあきらめていた。お袋も似たようなものだろう。

兄がそんなふうだから、ぼくは両親が期待していることを一人で受け止めなくてはならなかった。

期待というものがなんなのか、おかげでよくわかったものだ。なんということはない、息子たち（ぼくと兄の二人だが）にはヤクザな生き方をしてほしくない、人並に結婚して、孫をつくって、その孫とときどき遊びにきてもらって、そうして自分たちの老後をたのしませてほしいという、絵に描いたような昔ながらの風景なのだった。

兄は十年前、その期待に逆らい、故郷をとび出した。その前の晩のことをよく覚えている。

ぼくはまだ高校生だった。兄とは九歳違いだ。

おれはこんな田舎で一生をすごすなんて耐えられない、そのときの兄は、そう言った。

兄が、なにに耐えられないのか、よくわからなかった。まあ、大学を出たのに定職にもつかずぶらぶらしているのは耐えがたいのかもしれない、とは思ったけれど、兄はその気になればちゃんとした職を得ることができるだろうし、それよりもぼくは自分のこと、まずどこの大学にもぐり込めそうかということで頭がいっぱいだった。

兄は地元の大学を六年かけて卒業していた。学業よりアルバイト、アルバイトよりぼくの目からすれば、なにもしないことに熱心のようだった。ぼくにすれば、いかにも、もったいなかった。ぼくは兄の通った大学へは入れそうになかったからだ。

一人でできる創造的な仕事がしたいのだ、ばかな連中といっしょに働くなんて、がまんできない、と高校生のぼくに兄は言った。

いまなら、そう言われれば、自分のことがばかにされた気がするか、いかにも青くさいことを言っていると兄をばかにするところかもしれないが、いや、いまでも当時と同じく、そんなものかと思うのかもしれない、ぼくにとっては兄はいつも九年分大人で、その差はいつまでも埋めることができなくて、この歳になってわかるのは、兄はいまはそんなことは言わないだろう、そしていま兄の言うことは少なくともいまのぼくには十年たたなくてもわかるだろう、ぼくもまあ大人になったわけだから、ということだけだった。

両親のことを頼む、と言って十年前兄は家を出た。ぼくは親と兄の期待どおりの道を歩んだことになるのだが、べつにいやいやそうしたわけではなかった。好きでもなかったが、兄のようにはなりたくないと思ったら結果としてそうなっただけで、親が喜んだのはぼくにとってはおまけのようなもので、賢弟愚兄とはよく言ったものだなどと親父はわけのわからないことを言ったが、ぼくが期待どおりになったというのなら、その道をぼくに選ばせた兄に両親は感謝すべきだろう。

兄は作家になった。たいしたものだと感心したが、親たちは納得したようには思えない。兄の名は田舎まで届かなかった。一冊の本でも書いていれば違ったのかもしれないが、印刷された本などというものは、両親の古い期待と同じ次元の、古い幻想といってもいいのかもしれない。

古いといえば古い。それだからこそ貴重なのだろう。本という形で自己表現できる作家など数えるほどしかいない。もっとも兄はそれを望んではいなかった。最初から。新しい創作物だ。より新しいもの。

電送ノベルスやゲームはぼくが高校生のときからあった。ゲームにはぼくも熱中したものだが、世の中はもっと進んでいたわけだ。

兄がやろうと志したのは、サイなんとかという、新しいメディアだった。

サイメディックだ、と兄は言った。

「今夜、おまえが会ったのは、サイメディックの作家たちだ。おれも含めてだ。感動したか」

「うん。まあね」

「まあね、か。サイメディックを観たことがあるか」

「実は、ないよ。いろいろ装置も必要なんだろ」

「だいたい本もろくに読まないだろう。電送ノベルスすら」

「最近は暇がないんだ。仕事が忙しくて」

「読んでいるものを当ててみようか」と兄は疲れた顔で言った。「気になる健康チェックとか。家事の手抜きの仕方とか。正しい育児の方法、とかいうのも必要かもしれんな。いくつになった」

「もうじき二十七——」

「ああ、あいかわらず鈍いやつだな、子供の年だよ」

「ああ、お誕生がすぎて、満一歳と一ヵ月になる。面白いよ。あれほどなつかれると。頼りにされてるとさ、なにがなんでも守ってやらなくては、という気に——」

「他におまえが読むものといえば」

と兄は話題をそらした。まあ、今夜のところはしかたないか、とぼくは思った。兄が招待してくれたのだから。

「仕事関係のやつだろう。実戦QCの方法、とか」

「まあ、当たらずとも似たようなものかな、うん」とぼくはうなずく。「うちでもやっとISO9000取得にこぎつけてね」

「なんだ、それ」

「会社のことだから、兄貴には興味ないだろうな。でも、今夜のパーティは面白かった。サイメディックとかいうのは知らないけどさ、電送ゲームの作者とか、なじみのある名前もあったよ。感激だったな」

「そいつはよかった」

兄はテーブルの上の水割りを持つと、ソファによりかかった。

ぼくはあらためて周囲を見回した。広い酒場だな、と言うと、兄はくたびれた笑顔を向けた。

「酒場、はよかったな。確かにそうだが。横文字で言うより気がきいてるかもな」

「こいつがいわゆる文壇バーってやつか」

「おまえ、そんな時代錯誤的な言葉、どこから仕入れたんだ」

「おかしいかな」

「感心してるんだ。おれも知らんよ。そんなバーには行ったこともないし、あるのかどうかも知らないよ、現代にはな」

「そうなのか」

「他人のことは知らない。どうでもいいことだ」

「兄貴は作家だろう」

「弟と飲むのは、へんか」

「邪魔だったんじゃないかな。他の作家たちはどこへ行ったんだ。仕事の話とか、あるんじゃないのか」

「飲みながら仕事の話なんか、するものか。他人のことは知らんよ。少なくともおれは、酔っぱらって仕事の話なんかしない。おまえはするのか」

「ときどきは」

「接待というやつか」

「うん。まあね」

「楽しいか」

「仕事だから」

「おまえは気楽でいいよな」

「仕事で飲むのは気楽じゃないよ」

「そうじゃない、生き方がさ」

兄の思考は、回転が早いというのか、脈絡がないというのか、ときどき、とぶ。昔からそうだったが、話を合わせるのに苦労することがあって、そんなときいつも兄は、こちらを、ぼくを、鈍い、と言ったり、あきれたような顔をする。弟のぼくはそんな兄にはすっかり慣らされていて、がまんすることもなく、そんなものだと、兄は頭がいいのだと、思っていたから腹も立たないのだが、大人になったいまでは、ぼくの頭のほうが普通で、兄は相手に対して優しくない、これでは敵も多いのではなかろうかと心配になる。まあ兄は、そんな自分を知っていればこそ、独りでできる仕事を選んだのだろうと思う。

「まあね」とぼく。「のんびり暮らしてるよ。今夜は楽しかった」

生身の作家という人種の顔を見られたし、とぼくは言った。

ある作家のサイメディィック作品の受賞パーティだった。兄の、じゃなかったが、兄は同伴者としてぼくに来ないかと誘ってくれたのだ。兄がそんなことを言ってきたのは初めてで、田舎では、というか両親とぼくには、ちょっとした事件だった。

ほとんど音信不通の兄から連絡してきたのだから、近くにいる（ぼくと妻子は社宅で暮らしていたが）親に言わないということはできなかったからだ。ぼくはほとんど親から送り出された探偵のようだったが、それもまた結果としてそうなっただけで、来るのは自分で決めた。兄の生き方というやつに興味があったから。

「いつまでいられる」

「きょうあすは休みを取ったよ。友人の結婚式ってことで」

「きょうは木曜、土日は出なくていいんだろう。帰るのは日曜にしろ」

「勝手に決めないでくれよ」

兄はいつも命令する。ときにそれは親のものより力があった。兄は、弟のぼくを一種の共犯者の立場におくのだ。それが天才的にうまい。逆らえば、兄以上にぼくが非難されるか、されるように思わせるのだ。

十年たったいまでもそれは変わらないな、とぼくは思った。このまま田舎に帰って、どうだったと親にきかれて、うん元気だった、ではすみそうになかった。

もっとも、いまでは妻も子もある、仕事もあるぼくとしては、初めて兄のそれを拒否することもできた。勝手に決めるな、という言葉がその宣言でもあったのだが、兄は驚いた顔をして、そんなぼくを見つめた。

少し、いい気持ちだった。自分の知らない世界を今夜ちょっぴりのぞいたせいで、心が高揚していたせいもあるのだろう。

「相談したいことがあるんだ、M」

と兄は言った。その最後の、エム、というのがわからなくてぼくは首を傾(かし)げた。

「エムってなんだ」

「おまえのこと」

どうでもいいじゃないか、というため息まじりに兄は言って、水割りを飲んだ。

ぼくは貢=ミツグだからアルファベットの頭文字は確かにMだ。じゃあ兄の直樹=ナオキはNだな、とぼくは思った。都会ではそんな呼び方がはやっているのかもしれない。そうとわかれば違和感はあまりない。兄はぼくをミツグ、とはあまり呼ばなかった。年がはなれていたせいかもしれない。ペットを呼ぶように、おミツ、とか呼ぶことが多かった。

ぼくはといえば、兄と話しているとき兄の名を呼んだ覚えはぜんぜんなかった。いまも、ナオキ、などと呼ぶ気にはなれない。父に向かって「父上」などとは面映(おもは)ゆくて口にできないのと同じだ。だから、N、などとも呼べない。

考えてみればおかしなものだな、とぼくは思った。正しい名を呼ぶのにためらいがあるなんて。習慣とはいえ。たんなる習慣のせいなんだろうか。習慣というよりはもっと深い、日本的精神構造というやつかもしれない。

ぼくが独り言のようにそう言うと、兄は、そうかもしれないと言った。

「珍しいな」とぼく。

「なにが」

「ぼくの言うことに、そうかもしれない、なんて言うのはさ」

兄はいつもぼくの言うことに対しては必ず否定した。それから考えるのだ。結果が結局ぼくの言ったことと同じでも、それは兄が考えた結果であって、ぼくを認めてのことじゃなかった。

「フムン」と兄。「精神構造ってのが問題なんだろうと思ってさ」

「なんの、問題だ」

「相談」

「結婚でもする気になったのか」

「おまえはすぐ俗っぽくなる」

「結婚は俗っぽいのかな」

「深く考えようとはしないってことだ。いいことを思いつくのに、それ以上は考えない」

「時と場合によるさ。自販機の指令コントローラの設計でいくつか特許を取ってる。もっともそれは会社のものになるんだが」

「精神構造と言語構造の関連をもっと深く考えろよ。おまえはいいことを思いついたんだ」

「なるほど」とぼく。「でもそれは兄貴の専門だろう。ぼくが発見したってことなら、特許権は兄貴にやるよ。著作権か」

「そんな大層な発見じゃない。おまえが思いつきそうなことはみんな研究しつくされてるさ」

「ぼくの思いつきを、そうかもしれないと持ち上げておいて、これだもんな。相談って、なんだよ」

「ああ、悪かった」

兄はテーブルに身を乗り出して、ボタンのひとつを操作した。そのボタンは注文取り用とか、テーブル上のミニランプの照明コントローラとかかなと興味はあったが、訊かないでいた。兄に馬鹿にされるのはいやだったし、見ていればわかると思って。

テーブルの周りを囲む、透明の円筒が床から出てきて上に伸び、天井近くで止まった。

へえ。おかしな仕掛けだ。

「どうした」と兄。

「こんなの、田舎にはない」

「そうなのか」と兄。「まるで町に出てきたネズミだな。イソップだ。町のネズミと田舎のネズミ。わかるか」

「知ってるよ」

「この店にはないが、この防音バリアを乳白色に曇らせるやつもある。密室になるんだ」

「そいつは便利だ。液晶だろうな。窓ガラスでは珍しくないけど、だれが考えるんだ、こんなの。わざわざ人の集まるところに密室なんて」

酒場の雑音がほとんど聞こえなくなる。

「都会の精神構造だろうさ」と兄。「物、というのはその構造そのものを表わしてる」

「それはそうだろうな」

「言葉も、そうだろう」

「相談って、なんなんだ。面倒くさいことらしいな」

「今夜のパーティに来た連中だが」と兄はまたひとくち水割りを飲んで言った。「どう思う」

「どう思うって」

「まともに見えたか」

「まともに見ていたかって、少し緊張――」

「見る、じゃない、見えたか、と訊いてるんだ。まったく。会話していても、どこまで言葉が思いどおりに伝わっているか、わかったものじゃない」

「まともじゃないかもしれない、なんて、思いもしないよ。そりゃあ、サラリーマンとは違う雰囲気だと思ったさ。そういうことなら、そうだよ」

「やつら、みんな狂ってる」吐き捨てるように、という表現そのものに、兄は言った。

「まともじゃない」

「兄貴はどうなんだ」

ぼくもなんだか兄の苛苛した感情が移ったみたいだ。

「作家というのはさ」とぼく。「みんな多かれ少なかれ、まともじゃないんだろ。同じ頭なら、感心するようなことは創れないよ。兄貴もそうだと思ってた。ぼくは兄貴のようにはなれない」

「ほめているのか」

「まあね。なりたいと思ったこともないけどさ」

「創作上の、まともじゃない才能というのは、ほめ言葉だろうさ。違うんだ。それとは正反対の、まともでないやつがいる。俗っぽい意味でだ。おれをつぶそうとしているやつがいる。おれのクリエータになにか割り込みをかけて、おれの創作能力に干渉して邪魔しようとしているやつがいる」

「クリエータってなんだ」

「サイメディック創作マシン、道具だよ。思考と想像力を支援する一種の仮想現実装置にワーカムを組み合わせたシステムだ。できたのは十年くらい前、実用化されて広まったのはここ二、三年ってとこだ。まだ新しい」

「なあるほど」

「なんだ、それ」

「兄貴が老けたのはそのせいかと思ってさ」

「老けたか」

結婚式のときの兄は、あまり変わらないなと思った。七年ぶりだったのに。それまでは兄は電送ノベルスを主に書いていた。この三年で、十年分年を食ったな、と思わされる。三年前に会っていなければ、こんなものだと思うのだろうが、たぶん、人というのは一定に老けていくものではないのだ、とぼくは思った。波があるのだ。兄はこの三年で、十年分の波に乗ったのだろうと感じた。

そう言うと、兄は「面白いことを考えつくものだ」と言った。

「面白いか」

「おまえが、それを面白いと思えば、作家になれるよ、M。おれより才能があるかもしれない」

「やめてくれよ」

兄は、なんだか、ぼくに仕事をやめて、共作しようとさそっているような気がした。共犯者だな。ぼくには仕事がある。安定した仕事だ。妻も子供もいる。相談とやらが、その安定をぶちこわすようなものなら、ごめんだ。イソップの田舎のネズミだって、そう思い知ったじゃないか。二千年前だかなんだか、遠い昔から、田舎と町の関係は変わっていないのだ。

「クリエータに干渉しているものが、なんなのかわからん」と兄は言った。「原因を探ってほしいんだ、M。おまえは技術屋だし、作家を客観的に見られる。精神構造と言語構造というやつもたぶん理解できる。そのセンスがある」

「役には立てないよ」

「おまえしかいない。他人に相談なんかできない。こちらがまともじゃないと言われたら、立ち直れない」

「ぼくならいいのか」

「兄弟だ。腹は立つかもしれないが、喧嘩ができるのはいい。他人なら、がまんしなくちゃならない。でなければ——」

「勝手だよ、兄貴は。ぜんぜん変わってない。三つのときからそうだったんだろうな。ぼくが物心ついたとき兄貴は中学生だったけどさ。貢ぐ、とは皮肉な、ぴったりの名を親はつけたもんだよ」

「とにかく、やれるだけやってみてくれないか」

「それはぼくが言うことだろ。やれるだけのことをしてやる、と。なんで兄貴からそれを強制されなくてはいけないんだ。ぼくは兄貴専属のメンテナンス・サービスマンじゃないぜ。やれるだけやるかどうかなんて、ぼくが決めることだ。どうかしてる。まともじゃないのは兄貴のほうだ」

「……かもしれない」

かも、ではなく、そうなんだよ、とぼくは言いかけたが、やめた。確かに兄貴がそんなことを言えるのは、弟のぼくしかいないだろう。

「悪かったな、M」うなだれて兄は言った。「おまえの言うとおりだ。おれはまともじゃない。言い訳をするわけじゃないが」とまた兄は顔を上げた。「おれがまともでないのも、クリエータに干渉しているやつの仕業かもしれない」

「わかったよ」とぼく。ため息がでる。「聞くだけ聞いてやるよ」

「すまん」

このまま田舎に帰れるわけがない。なにやら兄は困っているらしい。放っておくことはできなかった。

自信たっぷりだった兄がしおれている。そんなのは兄ではないと思ってしまう。兄弟の立場が逆転したかのようで居心地がよくないのだ。十五年以上いっしょに暮らしていたときの、兄の支配力というものが、十年間離れていてもまだ作用しているということだなとぼくは思った。支配力には抵抗できても、兄と弟という関係そのものは永久に変えられない。

奇妙な関係だな、とぼくは思った。

もし兄とぼくが十年近く年が離れていなかったら、もしぼくが妹だったら、あるいは他にたくさん兄弟がいたら、兄はぼくに相談しようとは思わなかったかもしれない。

親子関係というのはシリーズ、直列だ。兄弟というのはパラレルで並列、バリエーションはいくらでもある。複雑なわけだ。もっとも当人にとって実現しているバリエーションは一つだけ。兄の立場のほうがよかったと叫んでみてもはじまらない。

「やれるだけ、やってやるさ」と、ぼくは結局そう言った。「構造が、どうしたっていうんだ。なにが干渉してるって」

「そうと決まったら」

兄は水割りを飲み干し、防音バリアを下げて、立った。

「仕事部屋へ行こう」

「いまからか」

「職住兼用だよ。ホテルは取ってないだろう」

もちろん取ってない。取っておけばよかったかな、と思う。

「現物を見ないでは話にならん。行こう」

兄は、ぜんぜん変わっていなかった。


酒場の前で拾ったタクシーは、同じところをぐるぐる回っている気がした。行けども行けども似たような夜のビル街が続くからだ。少し走ればすぐに空が広くなる田舎とは違っていた。なんだか閉所に閉じ込められた気分で、窓に張りついて外を見ていたい気がした。まったく、田舎のネズミの不安がよくわかる。

兄は酔ってはいなかった。昔から酒には強かった。ぼくはまあ普通だろう。布団に入って寝てしまいたい。

久しぶりに会った兄と酒を飲む、というところまではよかったのに、なにやら酔って寝るわけにはいかなくなっていた。

兄はこ難しいことをなんだか得意そうに話していた。

「聞いてるか、M」

「ああ、うん」

ぼくは少し窓を開けて、うなずいた。逃げ出すわけにはいかない。タクシーというのは走る密室だ。

「精神構造が言語構造を生むのか、その逆なのか、どう思う。どっちが先だと思う」

「それは」とぼく。「ヒトが先だろう」

「それはどうかな。聖書では、最初に言葉ありき、とある」

「聖書を書いたのもヒトだろう」

「おまえはいかにも技術屋だよ。ロマンを知らん」

「ぼくのロマンは兄貴とは違うんだ。数式にもロマンはある」

「話をそらすなよ」

「そらしているのはそっちのほうだ」

「最初にヒトがいたのは確かだろうさ」と兄は勝手に話をすすめた。「しかし二世代目の人間はすでにそうじゃない。生まれる前から、外に言語空間があるんだ。この世の空間に生まれ出るということは、言語空間に身をさらす、ということだ」

「そしてついに数式のロマンを理解せずに死んでゆく人間もいる」

「精神構造がそのように形造られなかったからだ、と考えてもいい。数式はともかく、子供は言葉を覚える。言葉というのは一種の時空認識のための構造だよ。現実認識、といってもいい。言語が異なれば、異なる現実認識をもつ。現実が異なるんだ」

「ま、そうだろうな」

「現実認識は脳の仕事だ。脳の構造が、異なる言語によって微妙にか大胆にか、違ってく

ると は思わないか」

「ハードウェアにたいした差はないだろう。構造が違う、というのはどうかな」

「しかし、異なる使い方をする、とは考えられる」

「それは考えられるよ、確かに。だから正しく使ってほしいな。ユーザーというのは設計者には信じられない使い方をしたりする。まったく、信じられないクレームを――」

「言葉が、精神構造を左右するんだ」

「構造かどうかは、わかるもんか」

「技術屋の次元での構造じゃない」

「構造というのは、目に見えるもののことだよ」とぼく。「設計図を描くことができるもののことだ。機能、というならわかる。機能は構造から予想はできるけど、予想もしない機能を発揮することもある。予想もしていないそれは、故障の一種だ。人間なら病気さ」

「じゃあ、機能でもいい」

「いいかげんだなあ」

「話を合わせるためにはしかたがない。おまえが理解しないからだ」

「なにが言いたいんだ」

「ようするに、言葉を使って他人の現実に干渉できる、頭をおかしくさせることができる、ということだ」

「そんなの、あたりまえじゃないか」

「生まれたときからおかしくされていると考えれば、あたりまえではすまん。あたりまえだと信じていることは実は言葉による幻想なんだと気づけば、おかしなことはいくらでもある。おまえのことはMと呼べるが、おまえが兄であるおれの名を呼ぶには抵抗がある、というようなことだ。そのような精神構造にされているんだ」

「そういうことなら、わからないでもないよ」

「だろう」

「それと、兄貴の問題とは違うよ、たぶん」

「違わないさ。クリエータに干渉してくるやつは、おれの現実認識を変える、あるいは崩壊させようとしているんだ」

「言葉を使ってか」

「そうだ」

「どんな言葉でだ。役者のほめ殺し、というのがあったな。それともけなすのか」

「そんなんじゃない」

「じゃあ、なんだよ」

「わからん」

「わからないって、おかしいじゃないか」

シートによりかかって兄は息をついた。

このまま静かにしていてくれればいいのに、とぼくは思った。相手をするのがおっくうだ。なのに、気を取り直したように兄はつづけた。

「昔、コンピュータ・ウイルスの存在が事件になった」

「いまでもやっかいだよ」

「ウイルスはコンピュータ・システムに干渉して、ひどいものはシステムを破壊する」

「そのこと自体はたいした問題じゃない。ときには重大だけど」とぼく。「増殖するというのが問題なんだ。どこに感染するかわからないというのが重大なんだ」

「そのとおりだ」

「兄貴のシステムにウイルスが侵入しているというのか」

「まあ、そうだな」

「それなら専門家がいるだろう」

「マシン・ウイルスじゃない」

「どういうことだ」

「マシン・ウイルスでシステム・クラッシュを引き起こさせるのは簡単だ。簡単だから、見つけやすい。対処法もある」

「だから、困ってる」

「そう簡単じゃないんだけどな」

「まあ、聞けよ」と兄。「おれはクリエータを使って仕事をしている。そのマシンとおれの精神構造を合わせて、だな」

「マン－マシンのインターフェイシングだ。リンクしている、ということだな」

「そうだよ。その、リンクしているから、そのウイルスは、おれの、頭の中にも侵入できるんだ。おれの精神構造に侵入し、増殖し、そこで活動し、おれの精神構造自体に干渉し、おかしくさせるんだ」

「……まさか」

「まさかじゃない。技術屋ならわかりそうなものだ。信じられないのなら、おまえの頭が遅れているんだ。いまはそういう時代なんだ。マン－マシンの結合がそれだけ強力になっているんだ。サイメディックはそれを最大限に使ったメディアだよ」

「物語というのは」とぼくは言った。「映画でも本でも、そのサイメディックでも同じだろうけど、物語は頭に侵入する、といってもいい。なにもいまに始まったことじゃないだろう。強力な物語は人生観も変えてしまう。よくあることだ。わたしの人生を変えた一冊ってやつさ」

「急にロマンにもっていくなよ、M」

「どう違うんだ、これと、兄貴の問題と。おかしな物語を読んだせいなんだろう」

「物語は、物語だ。読んでいれば一時われを忘れて楽しむこともあるし、人生観が変わることもあるだろうさ。しかし物語というのは意識される。だから、わたしを変えた一冊と言えるんだ。意識することなく、自分が変えられてゆくとしたら、それは病気だ。侵入しているのは物語なんかじゃない、病原体だ。違うか」

「意識しないなにかが、侵入しているというのか」

「そう言っているだろう」

「フム」とぼく。「それは面白いな。物語じゃない、なにか、か。なにかな。脳に幻覚を引き起こす信号か。音、リズム、光の明滅、そういうレベルだろうな」

「違うな」と兄。「そんな単純なものじゃない。そんな信号は、増殖などしない。信号が消えれば幻覚は消える」

「増殖する信号か……なにがあるかな」

「自律する信号といってもいい。言葉だよ」

「言葉は確かに増殖するよな。兄貴と話してるとよくわかる」

ぼくのそれを相手にせず、兄は言った。

「物語より小さく、単語よりも大きい。侵入しているのはそういう、なにかだ。そいつが入り込んで、おれの精神構造を変容させてゆく。おれの言っていることが、わかるか」

「……本当だとしたら、文章だな。あまり長くない文単位だ。ウイルスのたとえはぴったりだ。DNAの塩基単位が単語で、と考えれば。頭にこびりついてる文章があるわけだ」

「意識できない。しかしなにかが入ってきている。おれは正しく喋っているかな。おまえの喋っていることも正しく理解しているかどうか、自信がない。おまえが喋っていることとは正反対のことを自分の頭の中で組み換えて理解しているような気もする。単なる勘違いや聞き違いじゃない。自分が正しく現実を認識しているかどうか、確かめようがないんだ」

「兄貴……大丈夫か」

「大丈夫じゃない。さっきからそう言ってるだろう」

「聞く前といまじゃ違うよ」

こいつは、思ったよりも重症かもしれないな、とぼくは兄を見た。見かけは、そう、少しというか年相応に老けてはいたが、病気には見えない。

しかし頭の中のことは、わからない。異常だと思って見れば、少しやせているのを、やつれている、と感じられる。

やれるだけのことは、やはりしなくてはならないようだった。

なにができるか、なんてことはわからないし、兄のことは心配だったが、ぼくはそれとはべつに、文の形をしたウイルス体というのに興味がわいた。面白いと言っては兄が怒るか機嫌を悪くするに決まっているから、そんなことは言わなかったが、ぼくの酔いは醒めている。

「早く言ってくれれば、酒なんか飲まなかったのにな」

とぼくは、兄の機嫌をそこねないだろう、本音を言った。この世には酒を飲むより楽しいことがある。ま、それを片づけたあとの酒というのもぼくは嫌いじゃなかったが。

「素面じゃ、相手にしなかったさ、おまえは」

兄はそう言ってシートに深くよりかかった。

それは、兄の言うとおりかもしれない、とぼくは思った。醒めたつもりでも、まだ酔っているのかもしれない。

言葉が生きていて脳に侵入してくる、というイメージは、幻想的だ。

そうかな、とも思う。それが生きている、というのは幻想には違いない。言葉に生命などない。それをいうならウィルスもしかし似たようなものだ。独立して存在しているときは、ただそれだけのものだ。複製できる環境に侵入したとたんに増殖変化を開始し、そして感染する。言葉も同じだ。

非物質的なそれは、兄の言うように、脳の構造自体に干渉する、というのはあり得るような気がしてきた。文字どおりのウィルスの侵入によって脳に異常をきたした場合と、言葉による構造変化と、見分けがつくだろうかとぼくは考えた。変化するということだけに注目するなら、区別はつけられないだろう。ウィルスなら、それを見つけることで、わかる。抗体反応があるだろう。

しかし言葉の場合は、わからない。ヒトは、それに対する抗体システムを持っているだろうか。たぶん、ある。でなければ、われ思う、ゆえにわれあり、などと言えるはずがない。他人の言葉と自分の生み出したものとの区別がつけられないわけがない。

そいつがおかしくなると、自己というものがあやしくなる。症状が外に向かえば、プロパガンダに操られる大衆、となり、内に向かえば、正常な現実認識ができずに自我が崩壊する……

統合失調症というやつも、ウイルスが原因で起きるのもあるのかもしれないが、もしかしたらストレスがかかって対言葉免疫抗体システムが弱ったところに侵入した言葉か、あるいは自己免疫疾患のように自ら生み出した言葉によって引き起こされるのかもしれない。

やはり、まだ酔ってるようだ。すいた夜道を乱暴にとばすタクシーのせいかもしれない。気持ちが悪くなってきた。


あやういところでタクシーは止まり、ぼくは外に出て深呼吸した。

体調に気をとられていたので、兄がなかなか出てこない原因がわからなかった。

「どうしたんだ」とぼく。「手間どったな」

「釣りはいらないと言ったんだが、札を間違えたらしい。そんなはずはないんだが。へんだ。最近こんなことばかりだ」

マンションだった。新しくはないが、田舎にはない超高層ビルで、これはすごいと感心した。五階の部屋を入ると、内に階段がある。六階部分も兄の家の一部というわけだった。もちろん五、六階の全フロアが兄のものというわけではない。平面のみの間取りではなく縦方向にも考えた分譲区画というわけだった。

上の階を仕事部屋にしていると兄は言って、客間らしい部屋のドアを開け、ぼくの荷物、ボストンバッグを放り込んだ。

「きれいにしてるんだな」

「おまえとは違うさ。なにか飲むか」

台所へ行って冷蔵庫を開けて兄は缶ビールを出した。ぼくはもうアルコールはよかった。

「トマトジュースならある」

「ウーム。ま、いいか。それにする」

巨大な壜入りのそれを、大きなカップに注いでくれる。兄は食卓についてビールを飲む。

「上を見せてくれないのか」

「上か」天井に目をやって、「うん。行くか」

なんだか上に幽霊でも出そうな兄の態度だった。兄はビールを飲み干し、もう一缶を手にすると腰を上げた。

サンルームに広い居間といった間取りのそこを兄は仕事部屋に使っていた。ファイルキャビネットや本棚、くたびれた応接セットに、一角にクリエータだろうシステムがある。見たところそのシステムは、ワークカムに毛がはえたくらいにしか見えない。ワークカムのディスプレイとキーボード、他にミニコンクラスの縦形のコンピュータらしきものがあるだけだ。それがサイメディックの中枢かと訊くと、創作用のツールコンピュータだと兄は言った。

「そいつはサイメディックのホストコンピュータにネットを介してつながっている。中枢はそのホストだ。作品を再生するだけならもっと手軽なシステムでいい。こいつだ」

ワークカムディスプレイ上の小さな装置を兄は指さした。赤いレンズが二つついた、双眼鏡のようなやつだった。生き物のようなデザイン、かつてルイジ・コラーニが造ったようなオーガニックな感じ。

「体験してみるか、M。サイメディックのネットはまだ全国的じゃない。中枢システムの情報量はすさまじいからな。ワークカムネットのようなわけにはいかないんだ。ワークカムネットともリンクしてはいる。番組の選択はワークカムでできるよ。おれが創ったやつの一部を観せてやるよ」

「うん」

「サイ・ウィンドウを見るんだ」と兄は言った。「赤いレンズだ。情報は眼から入る」

ぼくはデスクについて、その赤い双眼鏡のようなそいつを見た。手に持つ必要はなかった。レンズを見るだけでよかった。正しい位置にいるというのは、すぐにわかった。〈ようこそ、サイメディック空間へ〉という声が聞こえたからだ。幻聴のようだった。音ではない。しかし、そう言っているのが、わかるのだ。

「サイメディックの基本は言葉なんだ」と兄が説明してくれた。「眼から、言語中枢に割り込みをかける。なれないとくしゃみが出る」

本当だ。くしゃみが出た。なんなんだ、これは。光の刺激はくしゃみの出る神経系に干渉することがあるんだ、と兄。

「基本的には言語だ。それを脳のほうで、連想的に絵や音として再構成する。うまく同調すると、映画の中にそっくり入り込んだような仮想空間に入れる」

〈シーン13、主人公のおれは家から出てガレージに行く。恋人が変死していた原因を探るためだ。殺されたのだ。間違いない。おれは怒りを感じる。敵の正体は不明だ。しかし手がかりはある――〉

いきなりぼくは、家を出ようとしている自分に気づいた。兄の家に似ている。なんだか焦燥感と悲しみを感じる。

ぼくはおれになっているのだとわかる。

エレベータをおりると地下駐車場だ。サイ・ウィンドウからの声はもう聞こえなかった。

きっとこのシーンの描写がされているのだとは思うのだが、その描写がそのまま現実のものとなって再現されているのだろう。

こいつはすごい、と思うと、リアルな仮想場は消えて、また声になる。

〈ガレージにおれのクルマがある。愛車だ〉

「愛車って、なんだ」

「M、自分を消すようにしろ。おれになりきるんだ」

そうする。おれの感覚がもどってくる。

並んでいるクルマ。端に停めてあるのが、おれの愛車だ。恋人を殺したやつに復讐を決意して、それに乗り込もうとするが……

なんだ、これは。クルマじゃなかった。クルマほどの大きさの、竜だ。竜がうずくまっている。竜はおれに向かって首をもたげると、『ムクチャー』と言う。

「……ムクチャーって、なんだ」

ぱっとすべてが消える。ぼくは目をしばたたく。兄がスイッチを切ったらしい。

「おれの、主人公の愛車だよ」

「愛車って竜なのか。ファンタシィだな」

「違う。竜だったか。クルマのつもりで創ったんだ。ムクチャーではなく。意味がおれにもわからん。作者のおれにも。アクチャーというのも出てくる。恋人のペットの猫のつもりだった。アクチャーなどという名じゃない。ムクチャーもアクチャーも、意味不明だ。おれにもわからないのだから、再現されるのがどんな形をしているのかは、たぶん再生する人間によって変わる。定義ができないんだ。おまえは自分で竜にしてしまったんだ」

「どういうことだ」

ぼくは頭を振った。おそろしくリアルで、しかし不安だ。不安なのは、作者にも定義不能な、物語ではないなにかを体験したせいかもしれない。

「問題というのは、そのことだ」と兄は言った。「おれの頭が、自分以外のなにかに干渉されているから、正しい創作ができないんだ。ムクチャーとかアクチャーとか、自分でもわけのわからない言葉が、創作しているときに浮かんで創作空間に入っているらしい。無意識のうちにだよ」

「創作というのは、言葉でやるのか」

「基本的には、そうだ。シナリオを書くのに似ている。書きながら、同時にサイ・アイを使う。サイ・ウィンドウを再生ではなく入力用に切り換えるんだ」

説明を聞くと、なるほど、シナリオのようなものだと納得できた。絶世の美女、と書くだけなら、読者というか再生する者は、自分の好きな女性を見ることができる。クルマにしても同じだ。作者が、そのクルマはたとえばフェラーリでなければならないと、その詳しい描写を、資料のように、その形やドライブフィールや音の描写をサイ・アイで入力すれば、再生者はそれを味わうことができる。作者がクルマの種類にはこだわらず、再生者が勝手に好きなものを選んでいい、再生者に任せるというのなら、カッコいい愛車に乗り、と表現すればいいわけで、それは小説を書いたり読んだりするときのテクニックと似たようなものだとぼくは理解した。

作者にも読者にも想像力が必要とされ、それを働かせる余地がサイメディックにはあるわけだった。単純な仮想現実装置とは違う、確かにこれは小説というものの、物語というものの、延長にあるメディアだ。あくまでも基本にあるのは言語であり、それが引き金となって脳の連想と想像力を刺激して、架空の物語空間を生み出すのだ。

だから、作者には言葉をうまく操る能力が要求されるわけで、自分にもわけのわからない言葉がまぎれ込むというのは、大問題だろう。正しい文が書けない、ということなのだ。

正しい文が構成できないというのは、自分のスタイルが滅茶苦茶にされるということだった。それが作家には致命的だというのはぼくにもわかった。小説を味わうのは、内容というよりもそのスタイル、文体を味わうことなのだ。でなければ、あらすじだけでいい、ということになる。ノンフィクションにしても同じだ。それは作者のスタイルを味わうものだ。同じ事件を扱っても作者の違いによって読後感は異なる。事実が表現されているとすれば、それは作者がその書いた時代と場に存在したという事実であって、それ以上のものではないのだ。文芸作品というのはそういうものだ。それは数式にしても似たようなものかもしれないが。

それでも、とぼくは思った、サイメディックというこれは、物語の、スタイルを表現するものとして可能性をもっているが、産業用や実務、一つの答えしか期待しない、という使い方には向いていない。むろん、だからこそ兄はこれに興味を持ったのだ。ぼくには使えないというか、体験するのには興味はあるが、創る側には立てないな、と思う。才能の面でも、興味の点でも。サイメディックは、ぼくが仕事で造ろうとしている機械の限界設計などという用途の支援装置には使えないだろう。だが兄にとっては、使えない、というのは死活問題だ。ぼくにはそれがよくわかった。バグの入り込んだスーパーコンピュータで仕事しろ、というようなものなのだ。

こいつのバグ取りはおそろしく難しいだろうな、とそれを味わったいまでは、わかった。兄の言うように、単なるマシン・ウイルスではないだろう。このサイ・ウィンドウを通じて、マシン内から人間の頭の中にも入り込むことのできるウイルス体が存在する、という兄の言ったことが、ぼくにも理解できた。

確かに、なにかの、言葉かもしれない。

マシン語ではない普通の、言葉だ。マシン語が、コンピュータの作動構造を変化させることができるように、通常語のウイルスというのがあって、人間の構造を変えてしまうのかもしれないという兄のおそれを、ぼくは実感した。そのウイルスは、文体というものだけでなく、人格というスタイルにも影響を与える可能性は確かにあった。文は人なり、というではないか。人は文なり、も成立する、とぼくは思った。

「……スタイルが変容する、だな」とぼく。

「よくなればいいんだが」兄はビールを飲みながら言った。「変えるんじゃない。崩壊させるんだ。人を外見で判断しないのは、愚か者だけだ――」

「なんだ、それ」

「オスカー・ワイルド。小説の外見は大事だ。スタイルだよ。サイメディックも同じだ。外見は言葉だ。ボタンをかけ違った外観では、それなりの評価しかされない。わざとかけ違えているならいいさ。おれの場合は、そうじゃないんだ」

「クリエータのシステムについて」とぼくは言った。「もう少し詳しく聞かせてくれないか」

ぼくはネクタイをゆるめた。妻の選んでくれた、気に入ってるやつ。

これでは、日曜までに解決などできないかもしれない。

自分の使っている道具に関して、その構造に関しては、兄は驚くほど無知だった。もっとも兄の立場ではそれでいいのだ。作家が、ワープロやワーカムや万年筆の構造や、どうやって造られるか、などを知る必要はない。

うまく使いこなせればいいのであって、いかにうまく使うかが大切だろう。画家が画材や筆を選ぶのと同じことだ。

使う面での知識は、もちろん兄は持っていた。サイメディックのベースになる部分の基本的な指令というのは、ワーカムによって発生させるコードにより操作される。

だから、ウィルスを侵入させる者がいるとすれば、そいつはワーカムを使ったと考えられるわけだ。兄の使用しているワーカムのモデルは9900という最新型だ。その型番の意味するところを兄は知らなかった。

「9900というのは」とぼく、「ワーカムの処理できるレベルを表わしているんだ。一万のシチュエーションに対して九千九百件のものは問題なく処理すると、簡単に言えばそうなる。低位の、9800とか、いまは使われていないだろうが9000とか、そういう過去の機種に作られた、いわば解像度の低い文を、そっくりそのまま丸ごと取り込むことができる。反対だと、正しく取り込むことができずに文の体をなさなくなるものも出てくる。たぶん敵は、最新機種は使っていない。こいつはことだぞ」

「どうして」

「説明すると長くなる。単純なものほど見つけ難い、と思ってくれればいい」

これは問題だ、とぼくは思った。

兄は創作のために、ワーカムネットを通じてあちこちのワーカムから資料をもらっていた。もちろん無断ではないが。その他人のワーカムに入っている情報というのは、使用者がまた別のところから得ているものもあるわけだ。もしかしたらウイルスに感染しているのは兄だけではないかもしれない。

ぼくは兄のワーカムによる通話記録をすべて調べてみることにした。サイメディックの、サイ・ウィンドウを兄は使って情報を直接頭に入れていたが、内容のコピーはワーカムファイルに文書記録されていた。

ごく普通の、文章に違いないのだ。しかし、どこかへんだ、というもの。雲をつかむような話だった。ただ読んでもどうということはないに違いない。しかしサイメディックで頭に入れると、へんだとは思わず、へんだと警告するはずの脳の自己確認装置を素通りして入り込むのだ。サイメディックにはそうした危険はある。その危険と引き換えにありアルな空間が味わえるのだ。

大変な作業だった。百科事典を一語も逃がさずに読み通すにも等しい。

初日はともかく、金曜からはほとんど徹夜で、その記録を再生して読みつづけた。サブシステムがあって、兄にも手伝わせたが（手伝っているのはぼくのほうのはずだったが）、成果は期待できなかった。たぶん兄は、おかしな文に出会わしても気づかないだろう。

読まされる内容というのがまた千差万別というもので、短いものはオスカー・ワイルドなどの警句から、長いものはサイメディック作品の文字版、つまり元になるシナリオのようなものまで、それも何作品分もあった。

兄が友人とやりとりした手紙のような通信や、作品の下調べの資料、たとえばヤクザな主人公のモデルになったであろうノンフィクション電送版とか、女性の服装やアクセサリに関するものとか、濡れ場の参考だけではなさそうなハードコアポルノとか、まさに百科事典だ。

兄自身がこれまで創ったサイメディックの文字版も調べる必要があった。他から侵入したのではなく兄自身がひょいと生み出した文である可能性もあったからだ。

おまけにぼくは、買い物まで行かされた。

兄が金をやりとりする自信がない、こわいと言いだしたからだ。そういえばここに来るタクシーでその兆しがあったな、と思い出した。

「貨幣制度そのものがおかしいんだ」と兄はサンドイッチにビールという食事を取りながら言った。「金も幻想だよ。ただの紙切れにすぎないのに、価値幻想を皆が共有することで、仮想世界が成り立っている。言葉も同じだ。ヒトは言葉を持ったときから幻想空間で生きるようになったんだ」

コンビニがマンションの一階にあって、時間の無駄は最小限ですんだ。兄がこのマンションを選んだ理由のひとつがそれだろう。

熱中するのにはなれていたが、さすがにぼくも疲れた。仕事とは勝手が違うから当然かもしれない。

それでもやるしかなかった。兄が（徹夜につき合うと言いつつ応接ソファで寝ていたが）、ときどき意味のわからないことを言い出しはじめたからだ。

「Rはどうしてるかな」

「アールってなんだ」

「リョウコだよ。妹のことも忘れたのか」

「忘れた」とぼく。「連絡がないよ」

妹などいない。しかし適当にあいづちを打たないとより悪化しそうだった。

ぼくは焦りはじめていた。そもそも原因はウイルスなどではないかもしれない。もともと兄は、ごく一般的な精神の病を患っているだけのことなのかもしれない。その患者は、驚くほど、現実と見分けられない非現実世界を持っていて、論理的に自分を説明するというのをぼくは知っていた。

上司の一人がそうだった。いま入院中だったが、あれには本当に驚かされた。話していると、その上司の言っていることのほうが正しいような気になってくるのだ。

ほとんど絶望気分で日曜の朝を迎えた。

そこで、ぼくはそれを見つけた。最初は、わからなかった。疲れた目と頭では読みすごしてしまいそうな、単純な、しかし意味不明の、一文だった。

わたしを生んだのは姉だった。

ただ、それだけ。だからこそ、見つけられたのかもしれない。小説中の一文なら読みすごしたかもしれない。姉ではなく母だ、と無意識に訂正して。

この文が異常だというのは、二つの点からだった。

まず内容として、姉を母にすれば、この文自体は書かれる必然性がまったくない、ということだ。〈わたしは生まれた〉で十分だ。母から生まれるのは当然だからだ。それでも書かれたというのは、母ではなく姉だということを伝えたいからだ。しかし、それをどう理解すればいいというのだ。こんな文は間違っている、と無視するしかない。しかしサイメディックにより、これは誤りではない、と無条件に受け入れて理解したとすれば、その理解の仕方というのは、こうして普通に読んでいるぼくにはそれこそ想像もできない、想像を絶する世界が生じているのだ、と思える。

もう一点は、こんな文は普通のワーカムでは書けない、ということだ。ワーカムにはこのような誤った文を自動的に訂正する機能がある。モデル９０００レベルでもやるだろう。注釈つきなら、べつだ。〈丸い三角は存在するか〉というような現象学的議論なら、その注つきで書くことはできる。

しかし、この文には注釈などついていない。そのうえ、丸い三角、などという語句よりもより具象レベルで想像力を刺激する。わけのわからなさが、わかるような、しかしわからないという微妙な色合いでもって存在している。こんなものが単独でワーカムネットに存在できるはずがなかった。こいつをネットに送り込んだワーカムは、この文を抹消したに違いないのだ。そのワーカム本体には残ってはいないだろう。この文は、どういう原因でかはわからないが、ネットを跳び回り、たまたまサイメディックという、他者の言葉の侵入に対して甘い、そのゲートを通じて、兄の頭にとび込んだに違いない。普通のワーカムが出口なら、そこで自動的に消去されたはずだ。

そして、入り込んだ頭が、兄のような想像力をもたないぼくのような頭なら、たいした影響はなかったかもしれない。

おそらく、こいつがウイルスだ。たぶん。間違いないだろう。

ぼくは兄を見た。

兄は紙幣をトーストにはさんで食べていた。もちろん兄にとってはそれは合理的な現実なのだろう。しかし、ぼくはそんな説明を聞きたいとは思わなかった。

ぼくは兄に自分の発見を説明したが、予想どおり兄はその文の異常性をまったく理解しなかった。その文のどこがおかしいのか、ぼくが「わたしを生んだのは母だった」と言われてもわからないのと同じなのだ。

正しい文をサイメディックで入れ直せば治るというようなものではない、とぼくは悟った。根はもっと深い。

「病院へ行こう」とぼくは言った。

「アクチャーが跳び回っている」

兄はそう言って、笑った。兄には見えるのだろう。定義づけができたに違いない。

ぼくには見ることも感じることもできない別世界でのことだろうが。

「ナオキ、あなたはぼくの兄だ」

そう何度も繰り返して治療するしかないだろう。息子に言葉を教えるように。兄の年で

それが可能だろうか。しかしやるしかない。

ぼくは、兄が、好きだ。

栽培文

Saibaibun

ほら、よく見て聴いてごらん。すべてが言葉を持っているのがわかるだろう。息を吸うとき、言葉も空気とともに身体に入る。汗をかけばそれといっしょに出ていく。言葉はそのへんに、どこにでもいるんだ。

これをうまく使うには、入ってきた言葉を捕まえて育てなくてはいけない。プランターのようなものが必要だが、ヒトはみんな身体の中にこのプランターを持っているわけだ。一瞬に成長して枯れて、それでいい言葉もあれば、じっくりと何年も、ヒトの一生をかけて森のように育つ言葉もある。

こうして言葉を木や森にたとえられるのも言葉の仕業なのだ。意思を伝えるのに、イエスかノーか、それは言葉の育て方ひとつでどうにでもなるのは、みんな経験している。で、そいつを使って考えたりするとき、その論理構造はツリーのように、まさに木の幹や枝のように分かれて延びるものだから、枝分かれの道筋いかんで正反対の意思の実をつけることも珍しいことじゃない。

それはごくあたりまえのことで、それが自然なのだし、ようするにヒトも自然のなかで生きているということなのだ。

ところがあるとき、それを認めないヒトの集団があらわれた。ずいぶん昔の話だ。かれらは言葉を完璧に管理しうるものと考えたのだ。いまからみれば無謀としか言いようがないが、それはかれらの歴史を私たちが知っているからで、かれらの歴史なくして、それを無謀だったなどと言える私たちは生まれなかったに違いない。

かれらが生きていた世界とはどのようなものだったかって？

そう、きょうは言葉の森で生きていた男の話をしよう。その男と家族、とりわけ言葉を愛してよく使いこなした娘の話だ。

＊

その男は樵（きこり）だった。言葉の森へ行き、適当な言葉の木を切り出してきて売ることを生業（なりわい）としていた。

森の中の小さな家には、養っていかねばならない家族がいた。妻と娘と、妻の父親の三人だった。

男の家族はいつも腹を空(す)かせていた。むろん男自身も例外ではなかったのだが、一家の長としての立場上、みんなと同じ気になってはいられなかった。

他の三人にしても空腹に対する思いはみな違っていた。

舅(しゅうと)はひもじくなると、娘婿の甲斐性のなさに怒りと、我が身のなさけなさを感じた。こんな男と娘が一緒になったばかりに自分の老後は惨めになったのだと、いつもそう思い、昔はよかったと過去の思い出をむさぼるのだった。

妻は、恋愛の末に両親の反対を押し切りほとんど駆け落ちのようにして結婚した立場上、空腹を夫のせいにしたくはなかった。夫が街での仕事に見切りを付けて樵をやると言い出したときには反対はしたが、不自由はさせないという夫の言葉に反論することができなかった。言い出したら後には引かないことを経験上知っていたし、それで不幸になった覚えもなかったから、素直に賛成するほうが言葉を駆使して夫の転職に反対するより面倒もないしと、森の生活に入ったのだった。空腹といっても三食は食べられたし、惨めだとは妻は思わなかった。ただ、お気に入りだった店のケーキがそう毎日のように口にできなくなったのが残念ではあった。いずれそれもできるようになる日も来るだろうと妻は思って、我慢した。ダイエットにもいいことだし、と。

楽観的に物事を見られるそうした妻の性格は、男の精神状態を平静に保つ助けになっていたが、妻の本音に男はうすうす気づいてはいた。街で成功できなかったというのにこんな森でできるわけがない、妻はそう思っていることだろう、ほとんどあきらめているのだ、と。男はしかし妻に向かって、自分は街の基準での成功など放棄したのだ、ここでのいまの暮らしを現実のものとして覚悟しろ、とは言えなかった。成功することを放棄したわけではなかったのだからだ。うまくすれば、この森で貴重な言葉を見つけて莫大な富を築けるかもしれないという野心があった。だが、この森での生活になじみ、落ち着き、森のことがわかってくるにつれて、野心の実現は困難だと明らかになっていき、妻や舅が期待している意味での成功をあきらめるのも悪くないと思い始めたのだった。

娘は、利発な子だった。空腹をだれのせいにもしなかった。もともと食の細い子供だった。森での生活もこんなものだと思っていた。街にいたときはごく幼く、大人のように惜しむほどの過去の思い出を持っていなかったし、いまの自分が同じ年頃の子供と比べて不幸なのかどうか、などという疑問も抱かなかった。森の中に移ってからは近くに比較できる子供はいなかったので、ぜんぜん不幸ではなかった。不幸どころか、森の暮らしを楽しんでさえいた。ときどき父親である男といっしょに森に行き、その仕事ぶりを興味を持って眺めたり手伝ったりした。

男にとってその娘は唯一の理解者だったから、いまの暮らしを敗北者としてではなく、勝者でもなく、ようするに妻や舅に対するときのような言い訳めいた言葉を用意することなく、説明することができた。

舅の愚痴や妻の無気力な態度に疲れると男は娘と近くを散歩して心を休め、同じ屋根の下で同じものを食べていながら考えていることが違うというのは、あたりまえとはいえ、しかし不思議なことだな、と思うのだった。

娘は父親の散歩の誘いを拒むことはなかった。娘も家にずっとこもって勉強しているのは好きではなかったし、それに祖父の苛立ちや母親の小言につき合うのはもっと嫌だった。一番嫌なのは食事の時間だった。いつも質素な食事だったが、食べ物の乏しい内容が嫌だったのではなく、祖父がそれに対する愚痴の言葉を出してきたり、父親が困った顔をしたりするのを見るのがつらかった。言葉が少なければ少ないで空気が張りつめているように感じられた。家族が顔を合わせて緊張しながら食べ物を口に運ぶ時間が娘は大嫌いだった。

だからそのあと、父親が自分の言葉を植えたポットを持って、娘の言葉ポットを指して散歩に行こうと誘うと、嬉しくて、それに従った。父親は優しかった。娘は否定的な言葉を使わない父が好きだった……

言葉ポットというのは、まさに言葉を育てる小型のプランターだ。植木鉢のようなものを想像すればいい。これが普通の植木鉢と違うのは、植えられるのが言葉だということだ。

この時代の人間はみんな自分専用のそれを持っていた。意思の伝達はそれでやるのだ。ポットに言葉の種を植えると、それが育つ。種は核と言ってもいいだろうが、そいつはそのポットの所有者の意志の力でポットに植え付けられる。すると芽が出るから、その成長具合を注意深く見てやり、ちゃんと自分の意思を表現する枝や葉に育つように監督するわけだ。

育つ言葉は、燃え上がる炎かホログラムのように見え、成長に合わせて音が出る。見える形は文字に、その音は音声言語にたとえられるだろう。かれらはそのようにして、言葉による意思伝達をした。喋り、書き、読んだ。

喋るときには口を開く必要はなく、書くときにも手は動かさない。いずれも言葉ポット上に言葉を出し、言葉を接ぎ、言葉を茂らせるのだ。

言葉ポットというのは、脳の言語処理活動を体外でモニタする装置というようなものだが、そのモニタのほうが主になっていると考えればよい。喋るために声帯を震わせたり、書き留めた言葉をモニタするために器用に筆記用具を操作したりしなくていい。つまり、もはや言葉を操るために口や手をうまく使う必要がない。そのかわり、言葉で意思伝達しようとする限り、このポットを離すわけにはいかないのだ。

ポット上に植える言葉は植物のようにのんびりと成長させることも、一瞬に形にすることも管理する主の意思次第だが、いずれにせよ育ってしまった枝葉は簡単には消すことができない。

　間違って延びていると思えば、その枝を刈り込んでやる必要がある。葉が茂りすぎたと感じたら、摘んでやる。喋りながらなんだか自分の意思からずれていると気づいたときとか、饒舌(じょうぜつ)を後悔するときを思い浮かべてみればいい。かれらにもそんなのは珍しくないことだったのだ。だからせっせとポットに育つ言葉を剪定(せんてい)した。意識を集中して余計な言葉を枝から、いわば念力でもって、落としてやるのだ。

　刈られた言葉の枝や葉は、幹から離れるが、しかし、すぐに消滅することはなかった。地面に落ちれば枯れるが、しばらくはそれは腐らない。隠されない限り、だれでもそれを読めるし、地面に落ちずに他人のポットに入ってしまい、そこで育ち始めることだってある。他人の意思が自分の領域に入って自分の意思だったかのように育ったりする。そうなれば自分本来の意思とは区別が困難になるわけだが、その過程を、他人の言葉が自分の本来の意思を破壊していく様子を、形として捉えることが可能なのだ。自分が植え付けたものではない言葉が自分の領域内で成長するのが視覚的に見えるというのは私たちには想像しがたいが、それができる世界だった。

　目に見えるのだから、それが危険だと思えば対処しやすい、ということでもある。もちろんそれ以外にもメリットは多かったろう。教育にはうってつけだ。きちんと用意された言葉群を子供たちの言葉ポットに植えてやれば、子供たちはそれを見て聴いて、自分のものにできるのだから。そのへんが言葉の栽培法が生まれた理由だったに違いない。

その日の散歩は娘にとって、特別なものになった。

朝から祖父の機嫌が悪かった。肥っている祖父は膝の具合が悪いのを理由に食卓の自分の椅子にどっかりと腰をすえつけて、言葉ポットを前に置き、とりとめのない愚痴を漏らし続けた。

広い食卓は娘の勉強机も兼ねていたから、祖父のその愚痴は邪魔になったし、それでなくとも聞きづらい言葉など嫌でたまらなくて、喧嘩になった。祖父はそんな喧嘩の相手をしてくれるのを待っていたのだが、幼い孫娘はそんな狡猾な老人の思惑などには気づかなかったから、まともにやりあってしまい、結局は祖父の鬱憤晴らしの犠牲者にされた。

母親は家事に忙しいというのでいつも逃げることができて、この日もそうだった。だから娘は一人で祖父と向き合わなければならなかった。

祖父の言葉ポットは苛苛の感情を核としてアクティブになっていて、愚痴の言葉が刺のある音声と紫色の輝きを放ちながら野放図に成長した。

なにか論理的な内容を言葉で表現しようとするときには、いちど言った言葉を管理したりするのでポット上の言葉の木は盆栽のようにまとまった形になるのだが、祖父がやっているのは愚痴の垂れ流しだったので意志の力で刈り取られることがなく、繰り返される言葉が延びて茂り、ほとんど食卓の上の空間いっぱいに広がって、娘の視界を遮らんばかりになった。

結局祖父は、そのように言葉を使ったのだ。孫娘の注意を引いて、八つ当たりの相手になるよう、乗ってこさせようと。

〈やめてよ、お爺ちゃん〉

娘は目のすぐ前に延びてきたアクティブな祖父の言葉を手で払って、自分の言葉ポットを使ってそう言った。

アクティブな言葉はうるさく目障りだった。祖父の言葉ポットからは発せられた言葉がそのまま刈られずに枝分かれしながら茂っていたが、それらはアクティブな、つまりいま延びつつある言葉のように輝いたりはしていないものの半透明な紫の炎のように揺らいでいるのだった。

娘の抗議の言葉はそういう茂った過去の言葉のいわば残像に隠されてしまった。祖父が気づかなかったと思った娘は、同じ言葉をもっと大きく成長させて、繰り返した。

〈やめてったら、お爺ちゃん〉

〈みんな、あいつのせいだ〉

娘の眼前でなおも愚痴の言葉が育って膨らんだ。コブ状に膨れあがったそれは蕾だ。見る間に弾けるように開花して、怒りの言葉になった。

〈黙れ、どいつもこいつも、気にいらん、わしは――〉

なおもその花に葉がつこうとするかのように変化するアクティブな言葉を、娘は手でつかんでひきむしった。アクティブな状態の言葉は物理的に手でつかむことができるのだった。ガサガサという雑音がしてアクティブな言葉の成長が妨げられた。

〈なにをするか〉

別の枝先が輝いて、祖父の怒鳴り声がそこからした。娘はかまわず他の残像の言葉、半透明な言葉の枝葉を払ったが、それらは手応えがなく、仮想の像にすぎなかった。アクティブでないそうした半透明の言葉は他人の手や意思では刈ったり修正したりはできないのだった。

しかしどうにかして目障りなそれらを消してしまいたい孫娘は、〈嫌だ嫌だ嫌だ〉という自分の言葉をポット上に立ち上げて手でつかみ取り、祖父の言葉ポットにそれを投げ入れた。すると、その孫娘の言葉は祖父の愚痴の枝の一部に接ぎ木されるように同化した。愚痴の言葉と〈嫌だ嫌だ〉は相性がよかったのだ。

半透明だった茂みが一瞬赤い炎のようにざわめき、接ぎ木された部分から全体に向けてアクティブ状態になった。その状態はごく短時間だったが、そのわずかな間を逃さず、孫娘は食卓に飛び乗ると、両手を回転カッターのように振り回して祖父のその言葉の茂みをめちゃくちゃに断裁した。

切られ、むしられ、ちぎられるアクティブな言葉は、スパークする火花のように光を放って食卓の上に散った。その火花の音といったら、無理矢理切り刻まれる祖父の愚痴の言葉の断片に、孫娘の〈嫌だ〉と雑音が混じった、意味のない悲鳴のようだった。

あい　つ　ギー　のみじめ　いや　ぐず　キャー　はら　くそ　いや　たれの　キー
ばか　どくそ　ギャー　いやいやいや　イヤー　ガウガウ　ガサッ　ギャギャ　ギー……

……

祖父は予想もしなかった孫娘の逆襲に呆然としたまま、動くことができなかった。自分の発した言葉がこのようにして殺されるというのは初めての経験だった。肉体的な痛みはなかったが、まるで自分の身体が粉砕されるような恐怖だった。言葉といえば、肉体と同じく唯一自分のもの、と疑ったことがなかったから、自分の財産が蹂躙（じゅうりん）されていると思うと恐怖とともにかつてない怒りがこみ上げてきて、瞬間、孫娘を突き飛ばしていた。

ほんの短い時間の出来事だった。

娘の母親がこの騒ぎを聞きつけて洗濯物を干していた庭から急いでやってきたとき、娘は窓際の床に尻餅をつき、頭をおさえて唇をかみしめ、見開いた目には怒りと悔しさの色があって、祖父の姿を映していた。

その祖父といえば、声を上げて泣きながら食卓の上の、滅茶苦茶にされて落ちた言葉の残骸をかき集めていた。

落ちて枯れた言葉は、薄いかさぶたのようだった。ポット上にあったときのようなみずみずしさはなく、まさに枯葉に似ていた。それは手に触れることができた。もはやだれのものでもない言葉だった。ずたずたにされて散っていたので意味のある単語として形をとどめているものはほとんどなく、それを拾って自分のポットにもどしたところで元には戻らない。それらは塵にも等しかったが、それを集めているのだった。

なにが起きたのか詳しいことは母親にはわからなかったが、自分の父が掌で集めているのが言葉の残骸であるのは見てとれた。断片は意味は取れないものの読むことができた。

彼女はパンくずを払う小箒を手にして手伝おうとした。が、父はそれを拒むとその屑を自分の言葉ポットに入れ、両手で捧げるように持って肥った身体を揺すりながら自分の狭い寝室にこもった。

最初からその部屋で孤独に愚痴の茂みを育てて、それに埋もれていればよかったのだと娘は思い、そんな自分の残酷な思いにぞっとし、それが言葉ポットに言語化されていたら困ると、自分のポットに目をやった。

〈自業自得よ〉という言葉が延びていた。

娘のポットのその言葉の脇に、母親は自分の言葉を植える。

〈あなたがやったのね〉

母親が娘の言葉ポットを使って話すのは初めてだったので、娘はとまどった。

〈自業自得とはなによ。どこで覚えたの、そんな言葉。あなたのせいなのよ、意味が違うでしょう。お父さんを悲しませておいて、自業自得なんてよく言えるわね〉

〈お父さん？　お爺ちゃんでしょ〉

娘は自分の言葉の上に育つ母親の言葉を、自分の意志で刈り取った。母親の〈お父さん〉という言葉が切り落とされてポット脇の食卓に落ちた。それはすぐには枯れず、母親の憤（いきどお）りの意思を受けてしばらく震えていた。

母親がそのように自らの意思を強烈に訴える力があることを娘は初めて知った。いつもはいっしょになって、〈お爺ちゃんの愚痴には困ったものね〉などと味方してくれていたというのに。

〈お爺ちゃんは、わたしのお父さんじゃない〉

そう娘はいった。錯乱しているかのような母親が怖かった。母親が祖父のことを〈お父さん〉などというのは異常な気がしたのだ。そんなふうに会話したことはなかったから。

〈わたしの父親をあんなに悲しませるなんて、許せない〉

母親は再び娘の言葉を接いでそういった。娘は負けずに自分の言葉を延ばした。

〈お爺ちゃんはお父さんのことを侮辱したのよ。いつもそうだわ。お母さんはなにも言わないじゃない、そうやってお父さんを落ち込ませているじゃないの。わたしはお父さんの味方をしただけよ。きょうはあんまりひどかったから。それなのにどうしてそんなことを

言うのよ〉

〈あなたも子供を産み、その子に父親をひどい目に遭わされるかもしれない〉母親はそういい、こう続けた、〈あなたは、そうならないように自分の子を育てることね。父親というのは、あなたの父親のことよ〉

〈やめてよ〉

娘はまだアクティブな母親のその言葉を手で引きちぎり、それを母親に向けて投げつけた。自身の〈やめてよ〉という言葉ごと。

母親は胸に投げつけられたその言葉を払い落とした。娘を見つめたまま、無言で、まだ憤りに身を震わせたまま。

娘は窒息感のような動悸を覚えた。見てはならない母親の姿をのぞき見たような気がした。目の前にいるその人間は自分の母親などではなく、あかの他人のようだった。

それは、だれでもいつかは通過する出来事だった。母親も一人の人間であり、一人の女だ、と気づく瞬間だ。同時に娘は、自分もまた一人の女であると気づかされたのだ。母親が娘を子供としてではなく一人の女として対等に扱ったこのときに。

〈お母さん……〉

それには答えず、母親は食堂から出ていった。ひとり取り残された娘は性的なうずきを下腹に感じた。得体の知れない空虚な渇望感覚だった。両腕を胸に組んで、娘は身震いした。焦燥感に似た感覚を意識し、それが鈍いが確かな快感であるのを悟ると、娘は幼い子供の精神の殻から脱皮したのだった。意識してのことではなく、まだ完全なものではなかったが、大人への最初の脱皮ではあった。どうしていいかわからず、娘は両の腕をしっかりとつかんで、声を押し殺してすすり泣いた。

――だれも助けてはくれない、泣いていても仕方がない。

しばらくして少し落ち着くと、娘はどうすべきか考えた。自分がしたことは母親にあんな態度をとらせるほどのものだったのだ、ならば謝るべきなのだろう、母にではなく、祖父に。

娘は涙を手で拭い、言葉ポットを持つと、のろのろと祖父のこもった部屋の前に行き、その扉を小さくノックした。返事がなかったので、胸騒ぎを覚えてそっと扉を押すとそれは開いて、中が見えた。

祖父は言葉ポットを抱いて寝ていた。いびきをかいて、なにごともなかったかのように平和な顔をして。

これはもう忘れている、と娘は思った。

起こしてまで謝ることはない。そうすればきっと、思い出して不機嫌になるに決まっている。どのみち起きているときは原因いかんに関わらず不機嫌なのだから、その原因を新たにつくることはないと、娘はそう思った。

もはや子供の考え方ではなかった。そういう瞬間があるものだ。ひとはなんとなく大人になるのではない、アナログではなくデジタル的に変わるのだ。いくつもの段階があるにせよ、それを順序よく越えなければならないわけではない。このときの娘がまさにそうだった。

他人の言葉はそれを育てた者のものであって、自分のものではないのだ、だから母親が自分のポットに植えた言葉を力ずくで引き抜いたのは正しくて、祖父の愚痴を自分のものであるかのようにそれに干渉したのは誤りだったと、娘は悟ったのだった。

娘は祖父の言葉ポットを見た。愚痴の言葉の残りや、その後の祖父の自分を哀れむ言葉を抱いてこの部屋に逃げ込んだはずだったが、いまはそのポットにはなんの言葉も生えてはいなかった。眠りに落ちたので言葉が育たず、残しておく努力もしなかったので消えてしまったのだ。

どこへ行くのだろう。消える言葉は無になってしまうのかしら、と娘は思った。寝て起きると言葉ポットはいつもクリアな状態で、それを不思議には感じなかったのだが。

祖父の部屋の扉をそっと閉じた娘は、〈ごめんなさい〉という言葉をのせた自分の言葉ポットを見ながら勉強机代わりの食卓に戻った。

頬杖をついて、この言葉は明日になればなくなってしまうのだろうかと思う。なにもしなければ、そうなるだろう。その日の言葉は寝てしまうときまでの命だ。むろん覚えている言葉は翌朝また植えれば生えてくるが、それは昨日の言葉そのものではない。寝ている間も消えない言葉があるのは知っていた。それはよほど強く念じていなければならないらしいことはわかっていたが、そんな経験は娘にはなかった。

どうすればいちど生やした言葉を保存しておけるのだろう。そんなことをしたいと思ったことはこれまでなかったので消えていく言葉を不思議に感じたことはなかった。だが、祖父が言葉を他人の力で滅茶苦茶にされて慟哭したその事件が、娘に言葉の寿命というものについて思いを巡らせるきっかけになった。

いま生えている〈ごめんなさい〉という言葉は、遅くとも明日になれば消えてしまう。明日同じ言葉を植えたとしても、それはいまここに生えている言葉とは違うものだ、と娘は思った。それは同じ気持ちから出た言葉ではないのだから。同じように見えたとしても、同じ意味の言葉でも、言葉というのはそのときに生えて育ったそれしかないのだ。似ていたとしてもよく見れば形も色も微妙に異なっているのがわかるに違いなかった。

ためしに娘は、もういちど〈ごめんなさい〉といってみた。それはさきの同じ言葉とは同化せず、独立した新たな枝になった。

それはよそよそしい金属的な光沢を放って固定され、氷のように冷たい感じの半透明な残像になった。さきの言葉は同じ残像でも薄いピンクがかったものだったので、たやすく見分けることができた。

冷たいほうのは嘘の言葉だと思うと、娘は悲しくなった。もう一度〈ごめんなさい〉とつぶやくと、その声はピンクのさきの言葉から発せられて、それが少し大きくなって揺らいだ。まだアクティブな状態で揺らいでいる真実のほうの〈ごめんなさい〉を、娘はそっと手で摘み取った。

そのまま生やしておいても注意をそらしたり別のことを考え始めたりすれば残像となって薄れていき、眠ってしまえばいつしか消えてしまうのだ。そうなれば、二度と同じ言葉は得られない。それが耐え難かった。単に謝罪の言葉として大切なのではなく、その言葉を生やしたときの自分の心がたまらなく愛しいのだった。

娘はポケットからハンカチを出して、その言葉をのせた。

枯葉のようになっている〈ごめんなさい〉という言葉は、それでも読みとることができた。じっと見つめると、それをいったときの気分がよみがえってきた。甘くも切ない、奇妙な快感だった。すると、摘み取られているというのに、その言葉は半透明のみずみずしさを取り戻した。奇跡を目にしているようだったが、長くは続かない。錯覚だったかのように、すぐにもとの枯葉状態になった。娘はそれをハンカチに包み込んだ。周囲を見回してだれにも見られていないのを確かめて、そっとポケットにしまった。

だれにも邪魔されない屋根裏の自分の部屋でそのハンカチを開いて、思う存分あの気分を味わいたいと娘は思った。後ろめたい秘密を持ってしまったことを自覚したが、その気持ちは、しかし悪いものではなかった。もういちどあの言葉を目にすれば、またあの気分を追体験できるだろうかと娘は屋根裏部屋に行く気になって椅子から腰を上げた。が、ちょうどそのとき邪魔が入った。

娘の公的教育を担当する巡回教師だった。

〈こんにちは、先生〉

若い男性教師に娘は挨拶して腰を下ろした。挨拶するときはいつも起立したから、いまも不自然には見えなかったろうと娘は思った。

〈はい、こんにちは〉

教師は自分の言葉ポットを食卓において、それから、

〈なにかあったのかな。悪戯(いたずら)でもして叱られたのかい〉

と続けた。どうしてわかったのかしらんと娘は首を傾(かし)げて、自分のポットに〈ごめんなさい〉という冷たいほうの言葉がまだ残っているのに気づいた。消す間がなかったのだ。見つかってしまったからには仕方がない。娘はあいまいにうなずいた。

〈説明してごらん、きみの言葉で。いい勉強になる〉

教師は優しくいった。読み書きと暗算が教育の柱だった。それはようするにいかにうまく言葉を使いこなすか、ということだ。

言葉というのは、音と形を同時に持っている。ヒトの聴覚と視覚と触覚で捉えられる存

在というわけだ。だから、言葉は聴いたり触ったり見たりすることで理解できる。

言葉にはそれだけでなく、味も臭いもあることを娘は知っていた。だが、味や臭いではよく区別が付けられない。かつて言葉の臭いの属性を利用して嗅覚言語を発明した時代もあったが、主流にはならなかった。ヒトの言語処理能力は見たり聴いたりする感覚から発達し、嗅覚や味覚は言葉の持つ情報を処理するようには進化しなかったからだ。

言葉というのは、その並び方が重要だ。配列が違えば意味が変わってくる。つまり時間感覚が備わっていないと正しく使いこなすことができない。

ヒトの感覚では、聴覚と視覚にそれを処理する機能がある。たとえば、視覚のその機能を司（つかさど）る脳の部分が損傷を受けると、その人間は動く物を認識できなくなる。静止画像としてしか世界を見られなくなるのだ。クルマを見てもそれが動いているのか停車しているのかわからない。もう一度見て、それが大きくなっていれば接近中らしいとわかる、という具合だ。

ヒトはまず最初に音として言葉を捉えたのだ。正しく時間の流れを捉える能力を利用してだ。ヒトの味覚や嗅覚には時間を測る能力がないか、ごく弱い。だから嗅覚言語というものは、音声言語のようには使いこなすことができないのだ。

嗅覚の発達した犬などはどうかといえば、おそらくヒトよりは言葉の臭いをかぎわけられるだろうが、しかし言葉を生む能力はヒトよりも劣るだろう。さまざまな臭いを放つ無数の言葉を時系列に沿って並べることは難しいに違いないからだ。犬には言葉を臭いで読みとることはできても、書くのには苦労するだろうと想像できる。もっとも、想像を絶する使い方をしている可能性はある。〈ここはおれの縄張り〉という尿に含まれている言葉を別の犬が読みとるとき、ヒトが想像するそんな内容よりはるかにきめ細かな情報を読んでいないとは言えない。いつそれが書かれたかという時間情報や、書いた犬の特徴や、犬にとって重要な情報がヒトには捉えられない言葉の属性を利用して事細かに書かれているのかもしれない。それでも、犬には、その内容をコピーする能力はないか、ごく弱いか、あるいはそんなことは必要としないのだろうとは予想できる。それに比べてヒトの多くの種族は、文字を発明することで、犬よりはらくに言葉を書き留めることができるようになった。

紙に書かれた文字というのは、言葉そのものではない。アクティブな言葉とは異なるものなのだ。文字の代わりに紐の編み方で言葉を表現した種族もあった。それらは言葉を視覚的になぞらえた記号であって、言葉の一部の機能を真似たもの、言葉のコピーなのだ。オリジナルの言葉とは本来違うものなのだが、しかしその手段を使えば、同じ言葉の内容をだれでも好きなだけ書き写せる。これが、犬には、おそらくはできない。

犬よりらくだとはいえ、言葉を使いこなすためには教育が必要だ。いつの時代にも、この娘の時代でも同じことだった。

なかでも言葉で意思表現するためにポット上に言葉を植えること、言葉を書くこと、は重要だった。いろいろなテーマで、たとえば「わたしの好きな遊び」について生徒に書かせながら教師はそれを添削し、ひとりよがりな言葉で意味が相手に伝わらないものを指摘したり、論旨がいきなり飛んだりしたら、そこに至るまでの言葉を接ぐことなどを、根気強く教えた。

この時代、書く、という行為は、あくまでも言葉ポット上にアクティブな言葉を接いでいくことなのだ。紙に言葉のコピーである文字を記すのとは違う。それは喋ることと現象的には似たようなものになる。ただ、喋るという行為は意思を伝達する相手が目の前にいるときに主として言葉の音を伝達手段に使うことであり、それに対して書くというのは、自分の意思を目に見える言葉の形を頼りに表現すること、一人でじっくりと文章を視覚的に言葉ポット上に構成することだった。

単に言葉を生むのは幼児でもやる。言葉を生むというのは、体内に入り込んでいる言葉をポット上に出すことだ。しかし意思に忠実に言葉を正しく生みつけ、育て、茂らせていくには、それはうまく喋ったり書いたりすることだが、勉強が、試行錯誤が、必要だった。その勉強は本来学校でするのだが、娘は僻地に住んでいたから、通うことができなかった。そんな子供たちを教えることを専門とする巡回教師がいて、娘のところにも毎週やってきた。少ない時間で最大の教育効果をあげるべく選ばれた、優秀な教師だった。

そんな教師に、〈ごめんなさい〉の言葉をなぜ生んだのか説明しろ、説明することがいい勉強になるといわれては、嘘はつけないと娘は思った。

たいしたことではないとか、ちょっといってみただけで意味はないとか、そういう言い訳を、出たとこ勝負でやり始める自信が娘にはなかった。言葉の育ち方に不自然なところが出てきてつじつまがあわなくなれば、それに対する説明を要求され、そうこうしているうちに自分でも訳が分からなくなり、結局最初から嘘なのだといわざるを得なくなるに決まっている。

なんども経験していることだった。もっともそんなときでも、教師がこの言葉は嘘だと叱ることは決してなかった。言葉自体には嘘も真（まこと）もなく、意思に反した言葉が出てくるのが適切でない、というのだった。

子供が明らかに嘘をついていることがわかっても、その言葉の育ち方が正しく相手に伝わるものならば、教師はその言葉の配列を非難することはなかった。嘘をつきとおすという意思に忠実に言葉を操る能力があると認めるのだ。ただ、教師に向かって嘘をつくというう、その意図を、注意する。嘘を言葉にしてばかりいると、最初は嘘だと自分でわかるのは当然だが、自分で読みかえすうちにそれを生んだときの自分の思惑を忘れてしまい、うまく書かれていればいるほどそれが真実だと錯覚する恐れがある、それは言葉に支配されるということで、危険だと教えた。

言葉にはそれを操る者自身を逆に操る力があり、言葉は危ないものなのだ、と子供は教え込まれる。一番危ないのが嘘をつくときだ、嘘の言葉がきみ自身を偽りの存在に変化させていくだろう、嘘をつかなければ、怖いことはなにもない、言葉は忠実な僕(しもべ)でいる、と。そのように教育されていたから、娘は、世間話ならばしらを切れても、いまは正直にならざるを得なかった。

〈この言葉を出す前に、きみはなにをしていたのかな〉教師は、いいあぐねている娘に優しく助け船を出した。〈すぐ前に、だよ。それを思い出して、《ごめんなさい》の下に接いでごらん〉

娘はポケットの中の、摘み取った言葉をそっと押さえて、これをしたときのこと、あのときの気持ちのことはいうまいと思った。だれにもいいたくはなかった。いわなければいい、それは嘘をつくことではない、そう納得して、娘は答えた。

〈わたしは、お爺ちゃんの部屋から出ました〉

ごめんなさい、の言葉の下に、そう娘は接いだ。

〈なるほど。お爺ちゃんはなにをしていたのかな〉

〈ポットを抱いて、寝ていました。ポットは空でした。わたしがめちゃめちゃにしたからです〉

母親に叱られたことも娘はいった。ただ叱られた、と。あのときの母親の態度や自分の行動はいわなかった。決して忘れてはいなかったが、そのときの自分の気持ちを教師にわかってもらえる言葉で表現できるとは思わなかった。自分でもよくわからなかったし、そもそも教師にはいいたくなかった。

祖父が愚痴の言葉で邪魔をしたので、思わずそれをめちゃめちゃにしたが、母親に叱られて、反省した、という説明の言葉が、ごめんなさい、の下に茂った。教師は文章を添削したり文を時系列に並べ替えさせたりして言葉の木の形を整えた。

〈よく書けたね。これでなにがあったのか先生にもよくわかる。でも、それ以上のできばえだ〉

教師は満足そうにいった。

〈よく書くというのは、単に意味が通じればいいというものではないんだ。その言葉の木の形が美しくなければいけない。言葉の芸術家は同じ意味内容のことを書くにも、枝振りや形や音の韻にこだわる。その言葉の並びや形や色合いで、鑑賞する者を感動させる。かれらにとっては、まず言葉の木の形や色や枝振りを見てもらいたいんだ。そんな作品を鑑賞するのに、一つひとつの言葉を読んで意味を追うだけ、という読み方は邪道だ。鑑賞する者によって、意味などどうにでも捉えられる、それでもかまわない、という作品をかれらは創る。かれらにとっては言葉は材料以上のものではない。絵を描くときの絵の具と同じだ。それを使いこなす。きみにもその才能がある。とてもよく書けている。いいこと

だ〉

　娘は微笑んだ。よくできたといわれるのはいつも嬉しかったが、このときはいままでとは少し違った満足感があった。教師に、本物の〈ごめんなさい〉を知られずにすんだ。隠しおおせたのだ。うまく言葉の木の形に注意したかいがあったというものだ。それを褒められたのは予想外だったが、才能には違いないと娘は心の内で納得した。

　しかし娘は、あのときの気持ちを〈ごめんなさい〉という枯葉としてだけでなく、いま書いたように、言葉の木として育てて、それをとっておきたいものだと思った。いま書いた説明文よりずっと美しい言葉の木にできるだろう。だれにも邪魔されず、見られないところで書いて、いつでもそれを自分で鑑賞したかった。

〈先生、質問があります〉

〈なにかな〉

　微笑みながら教師は質問を歓迎したが、この作文をとっておけないのか、という娘の言葉にとまどった。褒め上げたとはいえ、この言葉群にそうするだけの価値があるとは思えなかったし、だいたい、そんなことを訊いてきた子供はいままでいなかった。

〈どうしてとっておきたいんだい〉

〈苦労して書いたのが、明日には消えてしまうのが、残念だと思います〉

〈なるほど。でも、思い出せば、いつでも書けるよ。嘘を書いていたのでなければ〉

〈でも、このとおりにまた書けるとは限りません〉

〈それでいいんだよ。同じ言葉しか出せなくなったら、そのほうが心配なんだ。そうなったら、病気だ〉

自分は病気なのかしらんと娘は少し不安になったが、父親がいっていた言葉を思い出して、こういった。

〈言葉をなにかに記録しておく方法があると、お父さんから聞いたことがあります。紙に印刷した本というものが昔あったそうです。でも、いまはないって。危ないから〉

〈そのとおりだよ〉

教師の微笑はこわばった。いけないことをいったらしいと娘は気づいたが、出した言葉をいま消しても、もう遅い。

〈なぜですか〉

そう続けるしかない。

〈ポットの外に出た言葉は、操り手がいない。責任をとる者がいないわけだよ。それは言葉の死骸だ。紙に書かれた言葉というのは、死骸ですらない。それは言葉じゃなく、文字というもので、いってみれば言葉を人間が真似て作ったものだ。わかるかな〉教師は真顔になって説明する。〈そんな文字という言葉の偽物で書かれた本というものは、もはや書いた者にも訂正はできない。文字というものにはもともとアクティブな力はないからだ。

毒にも薬にもならない内容ならどうということはないが、なかには世界を破滅に導くような言葉の配列を文字として著した本もあった。読んだ者がそれを言葉に変換して自分のポットに移植し始めたら、アクティブな言葉を自分の考えだと疑わなくなるかもしれない〉
〈文字というのは、見ただけでは訂正できないのですか？　摘み取ったり、並び替えたりとか〉
〈そう、できない。言葉そのものではないからだ。紙の上だけではない。かつて、コンピュータというものがあり、ヒトが生む言葉を文字に変換する能力を持つ機械があった。紙に書かれた文字とはまた違う。コンピュータ自身が見つめれば訂正できるような、文字というより、呪文だ。そう、呪文だよ。言葉を文字に似たコードに変容させたものだ。ヒトはそれを使って通信した。言葉を呪文に変換したら、あとはそこから離れることもできた。すると、それを読む者は、呪文だけを読むことになり、言葉の実体はわからないわけだ。そのような言葉に似た存在が増えていって、書いた本人にも自分がそんなことをいったかどうかわからない状態になった。そのうえ悪いことに、コンピュータは、呪文をもとにして、それが表わす言葉を見つけてきて呪文を本物の言葉に再変換する能力を持つまでに進化したんだ。コンピュータをそのようにしたのは言葉自身かもしれない。言葉は、自分を呪文に変身させる能力がコンピュータにあるのなら、呪文にされた自分を本来の言葉の形に戻す能力もあると気づいたかのように、言葉がヒトやコンピュータの意志から離れて、その空間で増殖をはじめたんだ。ヒトもコンピュータも、なにが自分たちにとって忠実な言葉なのか、見分けることができなくなっていき、跳梁跋扈（ちょうりょうばっこ）する言葉に翻弄され、その社会は崩壊した。言葉を呪文のような歪んだ状態にしたり、ポットから出してどこかに残しておくのは、言葉を野放しにすることだ。それはとても危険なことなんだ。いつそれが自分のポットに飛び込んで、人を幻惑し出すとも限らないからだ。わかるかい？〉

それが自分の書いた言葉ならかまわないではないかと娘は思ったが、跳梁跋扈などという初めて見聞きする言葉がいかにも恐ろしそうだったので反論はせず、素直にうなずいた。

〈疑問を持つのはいいことだよ〉

教師は安心したようになんどもうなずいた。

〈きみはとても賢いから、当たり前のことも気になるんだ。それはいいことだ。でも一人で悩んでいてはいけない。なんでも先生に訊いてくれ。いいね？〉

〈はい、先生〉

〈よろしい。では、読む勉強に移ろう〉

教師は興奮を鎮めるために少し間をおき、それからちょっと考えて、一つの物語を自分の言葉ポット上に立ち上げた。

昔昔、一人の正直な樵が住んでいました、という文から始まる、金の斧と銀の斧の、昔話だった。あるとき樵は池に愛用の鉄の斧を落としてしまう。

〈まあ、かわいそうに〉

〈そうだね。樵が途方に暮れていると池の精が現れて、探してやろうと樵にいうんだ〉

〈言葉ポットを使って？〉

〈もちろん。で、まず池の精は、金の斧を池の中から持って現れる。これがおまえの斧か、と池の精は訊く。いいえ、それはわたしの斧ではありません。すると――〉

〈その金の斧は、じゃあ、だれのだったんですか？〉

〈だれのかな？　おしまいまでとにかく聴きなさい〉

おとなしく娘は聴いた。

最後の、池の精の言葉、「おまえは正直者だから」というせりふをわざと抜かして語り終えた教師は、池の精が樵に金銀の斧も与えたのはなぜかと質問した。

〈わかりません〉

と娘は答えた。

〈わからない？〉

当然、樵が正直者に間違いないので、池の精はそれを讃えて褒美（ほうび）をやったのだ、という答えが返ってくるものと、この子なら簡単にそう答えると思っていた教師は、首を傾げた。

〈どうしてかな？〉

〈その理由が先生の言葉には書かれていないもの〉

〈それはそのとおりだ。でも言葉になっていない内容も、読むことでわかってくる。言葉になっていないのだから、正しくそれを感じとるのは難しいが、それをやるのがこの勉強なんだ。正しく共感できないと言葉は意味を失うどころか、危険なものにもなる。この勉強は大切だ〉

〈はい、先生。でも〉

〈じゃあ、樵は、池の精が金の斧を持って現れたとき、なぜそれを受け取らなかったのかな〉

〈それは樵の斧じゃなかったからです〉

〈そうだね。でも樵はその金の斧も実は欲しかったんだ。なぜなら、最後に三本の斧をもらって、ありがとうございます、といっているから、それがわかる。金や銀の斧は、大変な価値があって、それをもらえば暮らしがらくになるからだよ。でも樵は、くださいとはいわなかった。どうしてだろう〉

〈その金の斧がだれのものかわからなかったからです。でも、池の精のだったんですね、最後にそれを樵にやるのだから。自分のものでないのなら、やるわけにはいかないでしょう？〉

〈フム〉

教師は意外なことを娘がいうのでとまどったが、だんだん娘の考え方を聴くのが面白くなってきた。娘は続けてこういった。

〈金の斧と銀の斧が池の精のものなら、最初から池の精は、樵の斧がどれなのかわかっていたのでしょう?〉

〈そうだね。わざと金の斧を最初に見せたわけだ。樵が、それです、それこそわたしの斧ですといったら、池の精はそれをあげたろうか?〉

〈あげなければいけないと思います〉

〈どうして? 最後にはみんなあげるのだから、このときやるべきだというのかい?〉

〈いいえ、わざと違うのを見せたのだから、意地悪です。悪いことをしたと池の精が思うなら、それを樵が欲しいというならあげなくちゃ、悪い池の精になってしまうでしょう。でもこの池の精は悪い精ではないんでしょう?〉

〈なるほど。じゃあ、なぜ樵は、金の斧をくださいといわなかったのだろう〉

〈その池の精が、善い精か悪い精かわからなかったからだと思います〉

〈そうか。でも池の精は、意地悪でそうしたのではなく、樵が正直者かどうか確かめようとしたから、最初に金の斧を出して見せた、とは考えられないかな〉

〈でも樵には、そんなことはわからないわけでしょう。だから樵は、池の精を試してみたんだわ。池の精が樵の斧を持ってくれば、この精は信用できるけど、間違った斧を出してくるばかりでは、池の精が意地悪なのか、一生懸命探してくれているのか、わからないの

で、わからないうちは、違いますといっていたの〉

〈そいつはいい〉教師は笑った。〈そうかもしれないね〉

〈でも〉

〈でも、なに？　いってごらん〉

〈池の精が、金や銀ではなくて、樵の斧よりもっとよく切れる鉄の斧を出してきたのだったら、樵はそれをください、といったかもしれない。樵はきっと、くだらない役にも立たない斧を池の精が出してくるので、あきれて、違います、といったのかもしれません。金の斧が欲しければ、そのとき、欲しいというのがいいと思います。いわなければ、わからないでしょう？　いうのは正直な証拠だもの、善い池の精なら、そのとき、おまえは正直者だ、といって、くれるはずです〉

〈フムン〉

〈結局、樵には金の斧も銀の斧も、どうでもよかったのです。でもそんなのはいらないといえば池の精に悪いので、それをもらうことで樵は池の精にお礼をしたのだと思います〉

〈こいつはケッサクだ〉

〈はい、先生？〉

　ケッサクという言葉を教師は素早く刈り取っていた。

〈いや、よく考えたね。感心したよ〉

正直、というキーワードを物語から注意深く取り除いただけで子供がこんなふうに内容を変化させて解釈するとは、と思いがけない収穫に教師は満足した。

だが、娘がわざとそのように解釈してみせたのだ、とは教師は気づかなかった。娘にとってその昔話は初めてではなく、家族からなんどか聴かされていたのだった。母親はいつか夫が金と銀の斧を持ってきてくれるだろう、などと期待しているようだった。でなければいいことはなにもないからな、と祖父は馬鹿にしたようにいったものだ。そんなとき、樵である男、父親は、なにもいわず、妻の期待にも舅の皮肉にも反論せずに、席を立って納屋に行き、愛用の斧などの手入れをした。それを娘はなんども見てきたのだ。舅の言葉の攻撃に耐えて無言で斧を研ぐ男といえば、なかなか凄みのある光景に違いない。が、娘は父親の研ぐ斧よりも、祖父の言葉の方が怖かった。実際、小さな心がそれで傷つけられるのを自覚していたからだ。

仕事道具の手入れは心を落ち着かせるためだと娘は知っていた。刃物を研ぐのは無心でないとうまくいかないということも。だから研ぎ終われば安らかだし、それを邪魔せずに見ている娘もそうだった。

そこで娘は、父親にこう訊いたことがある。

正直な樵の金と銀の斧はその後どうなったのだろう？　父親はしばらく考えた後、こう答えた。

その金と銀の斧は、その樵の家のマントルピースの上の壁に掛かっている。その樵以外の者には手が届かないんだ。他の人間が取ろうとしても、その手のすぐ上にいってしまう。樵のその男だけが手に取ることができたのだが、彼はだれのためにもそれを使おうとはしなかった。そうしたところで一時は満足させられるかもしれないが、欲深い者たちは無限の金があっても満たされることがないと知っていたからだ。もしいまだれかがそれを探して（おまえも探してみるかい、と父親は娘にいった）、どこにも見つけられないとしたら、それはこういう訳なんだ、つまり、そんな斧は役に立たないので、樵はそれを持ってまたあの池に行き、池の精にこう頼んだ。これを最高級の極上砥石一ダースと新品の最高級の斧に交換してくれ、と。いい砥石は刃先を剃刀よりも鋭い切れ味にするし、よい刃物鋼は刃こぼれしにくい。以前からそういう道具が欲しかったんだが、最高品質のそれらは珍しく、貴重なものだから、めったに手に入らないんだよ。望みが高すぎたかなと樵は思ったが、池の精はそれを快く叶えてくれたんだ。金銀の斧は池に戻ったわけだ。それでいまは、どこを探してもその二挺の斧はないのさ。

娘はその話を面白く聴き、そして父親を尊敬したものだ。

と、そんな経験が娘にあったので、その日の巡回教師を驚かす答えができたのだった。

教師は、この子がこんな独創的な考え方ができるのなら、それを創作の言葉の木にさせてみようと思った。

〈きみがいま考えた、金の斧と銀の斧の物語を、頭の中でよくまとめてごらん〉と教師はいった。〈きみの、物語を創るんだ。きっと面白いものになる。これを来週までの宿題にしよう。来週、できた話を読ませてもらう。楽しみにしているからね。毎日、書きながら考えるといい。すぐにはできないだろうから〉

〈お父さんのことも、書いてもいいですか〉

〈お父さん？　そうか、きみのお父さんも、樵といえば樵だね〉

　その教師は、娘の父親が樵だというので、金の斧の物語を選んだのを思い出した。なるほど、それでこの娘にとって、あの話は他人事ではなかったのだと思い当たった。予想よりもずっと。

〈きみは、お話の中の樵がお父さんなら、こんなふうに思うだろうと、そう考えたんだね〉

〈はい、先生〉

〈それでいい。お父さんに訊いて書くんではなくて、きみが考えて、きみの物語を創るんだ。初めの言葉は、こうしよう。昔昔ある森にひとりの樵が住んでいました——いいね。お父さんに似た樵が出てきてもいいが、物語だから、それはお父さんではなく、きみが創り出す主人公だ。わかるかな〉

〈お父さんに相談してはいけないの？〉

〈樵のことを教えてもらうのはかまわないさ。でも、書くのはきみだ。もしお父さんがそれを読んで、違うといっても、気にしないで、きみの思うままに、考えたとおりに、言葉を選んで育てるんだ。正直に。来週までの宿題だ〉

〈わかりました、先生〉

〈よろしい〉

巡回教師は席を立った。窓から、娘の母親が野菜畑の手入れをしているのが見えた。授業の間、邪魔にならないようにいつも席をはずしているのだった。きょうは雨でなくてよかったと教師は思い、ふとこの娘があの畑に創作した言葉を植えてみようなどと思いつかないとも限らないと不安になって、さよならをいう前に念を押した。

〈言葉はポット以外に出してはいけない。絶対に。いいね？〉

〈はい〉

〈よくできました。ではまた来週、さようなら〉

娘は起立して教師を見送った。背後で扉の閉じる音がしたので振り返ったが、だれもいなかった。祖父の部屋の扉だった。祖父がのぞき見していたのだ、と娘は気が重くなった。お爺ちゃんは樵のお父さんが嫌いなのだ、樵のことを話したわたしの言葉をむしり取ろうと狙っていたのかもしれない。

気の重い午後だった。

気が晴れないままの夕食はいつにもまして重苦しい会話なしの時間になった。ポットは一家団欒のためと称して夕食時は食卓の中央におかれるのが常だったが、この日は祖父はそれを部屋から持ってこなかった。父は気づいたようだが、なにもいわなかった。娘は自分がおかしな言葉を生やさないように注意しつつ自分のポットを見ながら食事をしたので、なにを食べているのか上の空だった。それで母親に小言をいわれた。

早く散歩に出たかった。

夕食の後、娘は表に出た。父が誘わなくても散歩するつもりだった。散歩に行くというと父はうなずき、食事の後片づけをする母と台所に行った。祖父のいないそこで、きょう家でなにがあったのかと母に訊くのだと娘は思った。

言葉ポットを持って家の周りを一周した娘は、庭にあるベンチをつるしたブランコに腰を下ろしてため息をついた。前には母親が守っている野菜畑があった。その先には、暮れていく空の下に、言葉の森が広がっていた。

娘はポケットにまだ入れている、〈ごめんなさい〉の言葉を忘れてはいなかった。

それはポットから抜き出されて枯れていたが、ハンカチから出して、その言葉を生んだときの気持ちになれば生き返るようだった。ポットの外の、ハンカチの上でも。それともあれは錯覚だったのだろうか。

枯葉のようなその言葉を再びポットに戻せば、それは生き返るのは間違いない。そこでその言葉になにかをつけ加えて、アクティブな状態にもできる。だが、つけ加える言葉によっては、さきの〈ごめんなさい〉の意味が微妙に変化していくだろうというのも予想できた。変化させずにずっと保存しておきたいものだと、娘は思った。

その言葉を枯葉の状態からよみがえらせるには、それを生んだときの気分が必要らしい。その言葉を読むと、その気持ちがよみがえるのか、その気持ちを忘れないでいるから、その枯葉がよみがえるのか、どちらなのか、と娘は考えた。言葉が先か、気持ちが先か、どちらなのだろう。

ハンカチに包まれたその言葉は、それを生んだときの気持ちが封じ込められていて、分かちがたいように思われた。だから読めば、その気分がよみがえるのだ。しかし、ポットから抜いてしまった状態では、いつかそれを読んでもどんな気持ちで生んだのか忘れてしまうことだってあるかもしれないと、娘は恐れた。ほかの〈ごめんなさい〉という言葉と区別ができなくなるかもしれない。〈ごめんなさい〉などという言葉はいつだっていえる。だけど、この言葉は、あのときしか出てこなかった、あのときだけのものだ。

言葉には二種類あるのだと、娘は気づいた。いつでも出せる言葉と、ある気持ちが生じさせた、そのときだけのものと。

枯葉でとっておいたあの言葉は、だから、気分が先で、それを忘れたら再びよみがえることはないのだ。いまはまだ記憶が鮮明なので枯葉のそれを読めばいつでもそのときの気分がよみがえってくるような気がするが、時間が経って記憶が薄れてしまえば、枯葉のその言葉をどんなに読もうとしてもそれをアクティブにはできないに違いない。枯葉は朽ちていくだろう。

そうならないようにするにはどうすればいいのだろう？

ブランコを漕ぐのも忘れてそんなことを考えていると、父親がやってきた。

〈大変な一日だったね〉

父親のその言葉の下に、母親と交わした言葉があるのを娘は見て取った。半透明なそれらは茂り、重なっていたのでよく読みとれなかったが、読みとるつもりもなかった。

娘は黙っていた。教師が帰ってから言葉ポットの言葉はみな意志の力で消して、以後なにも植え付けなかった。つまり無言だった。

〈すねているのか。まだ謝っていないそうだが。意地を張りたいのもわかるが、だんだんつらくなるものだよ。お爺さんにはいい薬になったと思うが、おまえにも非はあった。そうだろう？〉

娘はこっくりとうなずいた。それから言葉ポットに目をおとして、どういおうか、迷った。父親は急かさず、ベンチ型ブランコの娘の隣に腰を下ろした。

〈まあね〉と父はそれまでの言葉を消して、いった。〈一日中家にいれば、気分も縮こま

って、それを爆発させたいこともあるだろうさ〉

娘は自分のポットを父に手渡して、ポケットからハンカチを出し、広げて見せた。

その言葉はまだ形を崩してはいなかった。押し花のようにきれいだった。〈ごめんなさい〉という枯れた言葉を父親にも読みとることができた。

〈そうか。謝ったんだ〉父親は優しくうなずいた。〈だけどお爺ちゃんはその言葉を受け取らなかったんだな〉

〈あげたくなかったの〉と娘はいった。

〈どうして〉

〈この言葉を壊されちゃうかもしれないから〉

〈壊される？〉

〈お爺ちゃんがわたしの気持ちを壊したから、わたしはお爺ちゃんの言葉を壊したの。お爺ちゃんもきっとそうすると思って〉と娘はいった。〈言葉を壊すというのは、気持ちを壊すことなんだわ。そうでしょ？　この言葉を壊されたくなかったの。この気持ちを〉

〈フムン〉

〈謝る言葉はいつだっていえるけど、本当の気持ちから出た言葉は一つきりしかないの。壊されたら、おしまい。だから、取っておいたの〉

〈いいことをしたね。偉いな。お父さんにはできそうにないよ〉

〈でも、この言葉は枯れているわ。この言葉を出したときの気持ちを忘れたら、崩れていって、読めなくなる。どうしたらいいのか、わからない〉

〈その言葉が出たときの気持ちを取っておきたい、と〉

〈うん〉

〈だれにも邪魔されずに〉

娘はうなずいて、ハンカチの言葉を見つめた。哀れみの気持ちがわき起こった。枯葉になった言葉も、自分の気持ちも、そして愚痴を言い続けるしか生き甲斐がない祖父も、はかなく哀しい、と思った。するとハンカチ上の言葉が生命を吹き込まれたかのように、みずみずしさをとりもどして、半透明に立体化した。

〈ほら、いまの気持ちだ〉父がいった。〈その気持ちを、言葉にすればいいんだよ〉

〈言葉なら、これがそうだわ〉

そういったとたん、ハンカチ上のそれはもとにもどった。

〈その枯葉言葉は、気持ちが生んだ言葉だ。いろんな気持ちが混ぜ合わされたすえに、それが結晶となって出てきたようなものだ。とても複雑な思いから出てきたんだ。思い出してごらん。そのとき、お爺ちゃんをどう思った？〉

〈かわいそうだと思ったわ〉

〈そう、そうやって、そのときの気持ちを言葉にしていけばいい。それを読めばそのとき

の気持ちが思い出せて、同じ気分になれるように、言葉で気持ちを表現するんだ〉

〈この枯葉言葉だけではいけないの？〉

〈その枯葉言葉は、言葉というより、おまえのそのときの気持ちそのものなんだよ。おまえ以外にはだれにもそれに込められている内容がわからない。時間がたてばおまえ自身にもわからなくなる〉

〈そんなの、いや〉

〈複雑な気持ちを取っておくのは、一言ではできないものなんだ。そんな言葉はどこにもない〉

〈お父さんの森にも？〉

〈探したこともある。でも、ないんだ。野生の言葉は、ただあるだけだ。どんな気持ちも込められてはいない。言葉というのはもともとそういうものなんだ。気持ちを表現することはできても、言葉に気持ちを封じ込めることはできないんだ。できたと思ったとしても、いずれその気持ちはその言葉から抜けていくのさ〉

〈抜けていく？〉

〈そうとも。言葉自体に気持ちを封じ込めたままにしておくことなど、だれにもできはしないんだ。気持ちが言葉を生むことはあっても、人間の意思から出て、その手から離れた言葉は、ただそこにあるだけだ。言葉に気持ちなどないし、保存もできない。そんな言葉から気持ちを汲み取ろうとすれば、最初から言葉自体に気持ちなどは込められないことを理解して言葉を組み立てなくてはいけないんだよ。それは大変な作業だ。気持ちというのは言葉自体にではなく、その生まれ方や、組み立て方の、そのやり方の中に保存されるものだからだ〉

〈やり方の中？〉

〈そうだ。使い方だよ。言葉の種類は無数にありそうだが、使いこなせるものは限られている。でなければ、意思を交換することはできない。勝手に自分だけがわかっている言葉を使ったところで、他人には理解できないだろう？　だから、有限だ。でも、限られた言葉でも、組み合わせ方は無数にある。気持ちというのも、まったく同じ気持ちというのは、たぶんない。そんな気持ちを伝えるには、だから、言葉を組み合わせるしかないともいえるわけだ。それで、どんな気持ちでも一語では取っておくことは無理だし、どんなに短い物語にしても、一語で書かれたものはないんだよ〉

〈きょう、樵のお話を先生がしてくれたの〉

〈樵のお話？〉

〈金の斧銀の斧、のお話。樵の気持ちを訊かれたから、わたしが答えたら、面白いことを考えるって、先生が笑った〉

〈どう答えたんだい？〉

〈忘れちゃった。そのお話に出てくる樵の気持ちなんて、先生の話してくれた言葉だけではわからないと思ったから、思いついたことをいってみただけ。その樵は、自分の斧と仕事のことしか頭になかった、というお話だと思った。先生は、その樵が正直者だとはいわないで話したから〉

〈仕事馬鹿の樵か〉

〈でなければ、金銀の斧は自分のじゃないといえば、それをもらえると思ったのよ。そう思える話し方だったの。先生は、そういうお話をわたしに書きなさいって。そんなずるい樵の話なんて嫌だから、お父さんのことを書いていいかって〉

〈お父さんは仕事馬鹿だな〉

〈金銀の斧より、いい砥石よね〉

〈そのとおりだ〉父親は笑った。〈仕事が好きな正直者だからな〉

〈同じようなお話でも、先生がしてくれるのとお父さんのとでは、全然違うと感じたのはへんなのと思ったけど、なんとなくわかる気がする。先生は先生の言葉の使い方をするから、へんなのよ。正直者の先生じゃないってことね〉

〈そいつはいい。お父さんも、子供のころそう思ったものだ。大人は正直じゃない。そういう気持ちを書いておけばよかったな〉

〈書いても、取ってはおけないんでしょう？〉

娘は再びハンカチの枯葉言葉に目をやっていった。

〈先生は、言葉をポットから出してはいけないって。この枯葉言葉も、見つかれば取り上げられるに決まってる。一言でもいけないのに、気持ちを書いた言葉の木をどうやって取っておけるの？　取っておけないものを書いても無駄でしょう？〉

〈無駄なことはないよ〉

〈一日で書ければ、こうやって取っておけるかもしれないけれど。一日で書けなかったら、一日分を抜き取って、その言葉の木を翌朝またポットに移植して、書いた部分は変わらないよう注意しながら続けて、でも、大きな木になったら、見つかりやすくなるし、そんなことを、見つからないようにやることなんて、できっこない〉

娘はハンカチの言葉をそっとなでてから、父のいる反対側のポケットにそれをしまった。

〈お父さんも先生と同じだわ。書けばいい、書きなさい、という。でも、書くたびに変わっていくでしょう、取っておけないのだから。わたしはそんな意味のないことをしたくない〉

〈したくない、などという言葉を使ってはいけない〉

父親は娘の言葉ポットを返しながらいった。

〈本当にしたくなくなる。本気でやりたいのなら、そんな言葉を出してはいけないよ〉

〈いい方法がある？〉

〈そう、そうこなくちゃな。あるとも〉

〈ほんとに？〉

〈ついておいで〉

父親はブランコから下りて、歩き出した。

娘はポットを抱いてあわててあとを追った。


その樵の男は、娘を連れて言葉の森に出かけた。娘は真剣な顔でついてきた。森へ行くときはいつもピクニックに出かけるかのように無邪気にはしゃいだが、いまはそんな表情ではなかった。

いつのまにか娘は見かけよりずっと成長している、と男は思った。

森の中はすでに薄暗く、じきにまったくの闇に閉ざされてしまう気配だったが、男はかまわず奥に進んだ。通い慣れた森だったので、暗闇になっても迷わない自信があった。しかし真っ暗になっては娘が不安になるかもしれなかったし、だいいちそれではやっていることが見えないだろうから、最初の開けた所に出ると、男は立ち止まった。

〈ここがいい〉

周りを見回して男はいった。

もとは、この周囲に言葉の木が茂っていた。とてもいい言葉の木だったので、それを切り取っていったのだ。少しずつ。切り取った言葉は自分のポットに入れる。するとその言葉は男のものになった。ポット上のそれを意志の力でいったん消しても、ポットから抜き取って捨てない限り、その言葉をいつでも身体から出してポット上に生み出すことができた。それを持って、売りに行くのだった。

木をバラバラに切り刻んではあまり価値はないが、言葉の木というのはいってみればパラグラフのような、言葉が集まって意味を生じさせている言葉群の単位だ。まったく意味不明のものも多かったが、なかには警句のようなものもあれば、気の利いた言い回しや、あれば便利な常套句というものもある。みな独特の枝振りをしていた。意味内容よりその形のよさを求める人間もいて、それらは街の人間にけっこう売れた。言葉のなかには、言葉と言葉をうまく繋いだり、アクティブにした言葉を簡単に消す作用がある言葉というものもあるから、そういう便利な、しかし知られていなかった言葉も売れた。

この仕事を始めたころ、男はそれらの言葉を、そっくり相手のポットに入れて、売っていた。相手にとっては買い取り制だ。そうすれば買った人間はその言い回しを独占できる。その言い回しを初めて使うことができるわけだ。それを読んだり聴いたりした者は、それを覚えておいて似たような言い回しをすることはできるが、それは真似言葉にすぎない。自分が出した言葉がオリジナルだと、それに価値を見いだす人間には高く売れた。高いとはいえ、ささやかなものだったが。

しかし、それでは言葉の森がいずれ消えてしまうことに男は気づいた。取り尽くしたら、それで終わりだ。森は広大だったが、売り物になりそうな木はそれほど多くないとわかってくると、男は売り切り制をやめた。

客に、こんな言い回しや役に立つ言葉がありますがと、それを見せて読ませるだけにして、言葉そのものは渡さなくなった。客の中にはそれを不満に思ったり、読むだけ読んでいらないといい、金は払わずにあとでその言葉に似たものを使ったりした。言葉はなにしろどこにでも、いくらでもあるのだから、身体に入り込んでいるそんな言葉の中から似たものを生み出すのはたやすいのだ。難しいのは、そんな言葉がこの世にあると気づくことなのだ。樵の男は、気づかせることで料金をもらうというように、商売方法を変えたのだった。

一件の売り上げは減った。全体の実入りも少なくなった。舅をますます空腹にさせることになったが、男はその舅の不満の言葉に耐え、このやり方で押し通すようになった。長い目で見ればそのほうが得だと舅には説明したが、それだけでなく、男は森の木を切り取ったあとの寒寒とした空間が、散逸していく言葉が、そうしているのが自分だと思うと、耐え難くなったのだ。だから、役目を終えた言葉を男は再びもとの場所に戻した。それは少し男の意思に従って変化したが、再びそこに根を下ろした。

だが売り切ってしまった箇所の跡地はそのままだった。やってきた広場もそういう中の一箇所だった。男はこうしたがらんとした空間を通るたびに、胸を締め付けられる思いで何とかしなければと焦った。自分の言葉を植え付けてみたこともある。しかしうまくそれを育てることができなかった。すぐに朽ちてしまうのでなければ、男の力ではせいぜい木ならぬ草が生えているほどにしかできなかった。言葉群を木に育て上げるには、手間と時間が必要なのだ。それと、情熱。自分にはその資質がない。男はほとんどあきらめ気分で、そう思っていた。

だが、娘は違う。娘ならこの不毛な空間を豊かな言葉の木でいっぱいにできるだろう。

男は、お父さんの仕事を早く手伝えるようになりたいという娘の言葉をいつも複雑な思いで聴いていた。そうだね、といいながらも、男は娘を言葉売りの少女などにはしたくなかった。自分の仕事を卑しいとは思わなかったが、ただ空腹を満たすためだけに娘がそうなるのは想像したくなかった。

――娘には言葉を豊かな大木に育て上げる才能があるかもしれない。少なくとも情熱はある。いいことだ。

男は嬉しかった。娘は言葉を売り歩くのではなく、育てるのだ。なんと豊かな生き方だろう。自分も、できればそうしたかったのではなかろうか。だが、そうすることなど、思いつきもしなかった。

〈ポケットの枯葉言葉を出してごらん〉

〈いま、ここで？〉

〈そうだ。それを、この地面に植えるんだ〉

〈植える？〉娘は首を傾げた。〈この地面はポットじゃないでしょう。育たないわ〉

〈育たないが、枯れることもない。そのままの形で保存することがここではできるんだ〉

森以外の所では、ポットから出した言葉はいずれ形を崩して最小単位の言葉の素というようなものになって散っていく。それは拡散し、いずれまただれかの身体に入り、言葉を生む材料になるのだ。

〈ほんとに？〉

娘は周囲の、空き地を囲む言葉の木を見た。確かにそれらは枯れてはいなかった。ポット上の言葉のように半透明だった。しかしポット上の言葉はその持ち主によってさまざまな色をしているのに、この森の木には色がなかった。

まさしくツリー構造をした植物の広葉樹にそっくりなものもあれば、鉱物の結晶の集まりを思わせるもの、あるいは人工構造物の機械かパイプ細工と見間違えそうなものもあった。姿形はそのように異なってはいても、しかしそのすべてが同じように色がなかった。

触れれば、柔らかいもの硬いもの、冷たかったり温かかったりと一つとして同じものはないほど多様なのだが、見た目の質感は一様だった。石英ガラスに似ていた。ポット上では見た目からしてゼリーのようだったりガラスのようだったりするのだが。

森の木たちは夜の気配を受け、地面から闇を吸い上げて上に広げようとしているかのように見えた。まだ夕日の残照を浴びている高い梢の言葉は、まるでだれかの意志によってアクティブになっていると錯覚させた。オレンジ色だがそれは夕日の残り火の色だった。それはやがて紫に、さらに夜の色に染まるのだ。

そして朝になれば、再び梢から太陽の光を吸い込み、形を鮮やかに現すのだ。夜の間に消えてしまうことなく。

娘はそんな森の木のことを知ってはいた。そういうものなのだと、不思議にも思わなかった。しかしいまは、それは奇跡的なことのように思えた。ポットの言葉は朝には消えてしまうというのに。

〈なぜ、ここの言葉は消えないの？　ポットの言葉は、朝になると消えてしまうのに。消えた言葉はどこに行くの。ここに来るの？〉

〈ポットに植えたままで消える言葉は、植えた者の体内にまたもどる。剪定するときも同じだ。すべてがもどるとは限らないが。もどらなかった言葉は、体外へ蒸散するといってもいい。ここの言葉は、そうはならない。固定されているんだ〉

〈どうして〉

〈この土地にそういう力があるんだ。ここは言葉の巨大な捨て場だった。墓として作られた。昔のことだ。コンピュータのことを知っているかい〉

〈少し〉

〈コンピュータとともに滅びた人間たちが最後の力を振り絞って、その魔力的な言葉群をここに集めて凍らせたんだ。すべての、それまで使っていた言葉を、コンピュータとともに葬った。言葉が蒸散しないように一箇所に集めて、この土地に呪文をかけた〉

〈呪文？〉

〈そうだ。ポットの言葉でも、寝ている間に消さないようにすることはできる。強くその言葉をポット上に残そうと念じると、言葉はその意志に従う。ここも、そうなんだ。巨大な言葉ポットといってもいい〉

〈だれの、ポット？〉

〈滅び去った、死者たちのだよ。かれらの肉体は滅びたが、言葉を捕らえたまま拡散させまいという意志は残った。だから、ここの言葉は枯れることはないんだ。枯れて崩れれば、封じ込めた言葉が拡散する。拡散せず、このままの形で、アクティブにもされず、ここの言葉は凍りついている〉

〈だとしたら、お父さんは〉娘は父に心配そうな顔を向けていった。〈これを切って、外に持ち出していいの？〉

〈そのために、言葉ポットがあるんだよ〉

　男は説明してやった。

〈この木を切ってそのまま持ち出せば、この森から出たところで言葉は解放されて蒸散する。ポットに移して、買う者のポットに直接入れてやれば、その危険はない。少しは蒸発するかもしれないが〉

〈昔はポットなしで話していたの？〉

〈ずっと昔はね。かつては、人間は言葉の実体に気づいてはいなかった。自分たちが書いたり話したりしているのが言葉の実体だと信じて疑わなかった。日本語やらなにやら無数の言語があったが、それらは言葉というものを人間なりに表現した人工的な記号だったんだ。言葉の実体から派生した影のようなものだ。異なる影同士では意思伝達はできない。言葉は、そうではない。実体は一つだ。あらゆる所に存在する。ヒトにも石にも植物にも動物にも、言葉は出入りする。ヒトはヒトの感覚で、それを捉えて理解する。ヒトが石の感覚を持てれば、石が使っている言葉を理解するだろう。石が言葉を使いこなしていればの話だが。しかしそれができたとしても、石と意思伝達ができるとはかぎらない。石がどんな気持ちでいるかとか、なにを考えているかとかは、わからないかもしれない〉

〈どうして？　言葉は一つ、同じなんでしょう？〉

〈気持ちや考えは、言葉自体には宿ることはないんだ。その組み合わせの中に仕込まれるものなんだ。石には石のやり方があるとすれば、それが理解できなければ、言葉がわかっても意思伝達はできない。そういう点では、文字でのやりとりと似ているかもしれない。

翻訳することはできるだろう〉

〈文字というのも、影なのね。先生がいってた。コンピュータの使っていたのは呪文だって。コードだったかな〉

〈そうだね、言葉の実体じゃない。それに気づいたときは遅かったんだ。病原体のように、言葉がヒトの社会を崩壊させるように作用した。自分たちに作用している言葉をこの森のようにして封じ込めて、滅びた。だが少数は生き延びた。生きるためには言葉をうまく使いこなす必要があった〉

〈どうして〉

〈どうして？　ヒトは一人では生きられないからだ。意思交換をし合って、集団で生きる動物だからだよ。言葉での意思伝達は効率がいい。でも言葉を上手に管理しないとまた危うくなるかもしれないので、言葉を直接認識できるポットというものを作った〉

〈それがわたしたちね〉

〈わたしたちの祖先だ。ポットを作っても、使えそうな言葉はそのほとんどがこの森のようにされていたから、ご先祖たちは注意深く、お父さんがやっているように、森の木を利用したんだ。そして、必要十分の量を切り出したところで、社会を整備し始めた。森の木すべてを安全なポットに移すこともできたが、それより街や畑を作るのが先決だったわけだよ。意思伝達だけならさほど言葉の種類は必要ないからね。言葉の森はいまよりはるかに広大だった。いま残っているのは、生活には役に立たないと見捨てられたものか、貴重にもかかわらずその価値を見過ごされている言葉だけだ〉

〈それをお父さんは探しているのね〉

〈そうだ。いまは、切った木はまたもどすようにしている。みんながここに来て、滅びた人間たちが命がけで捕らえた言葉を見れば、もっと心が豊かになるだろう。それまでは、樵をやるつもりだ〉

こんな話をするのは初めてだった。舅にはこれを言葉にしたところで理解されないだろう。同じ言葉を読み、聴いても、理解する者とそうでない者がいるのだ。だが娘には通じたのだ。

娘はポケットから枯葉言葉を出した。それから、それを地面にそっと挿した。枯葉言葉は地に触れると、変化し始めた。薄闇でも、それが根本から色を失っていくのがわかった。形こそ変えなかったが、それはもはや枯れてはいなかった。しっかりと根付いて、ガラスのように結晶化した。

〈それにはもう、おまえの気持ちは封じ込められてはいない〉

男は静かにいった。

〈お父さん？〉

〈その言葉は死者たちのものになったんだ〉

〈わたしの気持ちは消えてしまったの？〉

〈おまえの気持ちは、だれにも消せない、おまえのものだ。その気持ちを、いま死者たちが受け取ったんだよ。死者には言葉は育てられないから、いまおまえが挿したその言葉は気持ちを抜かれたまま、ずっとそのままなんだ〉

〈どうすればいいの〉

〈それを、またポットに移せばいい。新たな気持ちとともに、おまえが成長させるんだ。ポット上でアクティブにすれば、その言葉はまたおまえのものになる。書いたら、ここに持ってきて、死者に守ってもらえばいい。死者は、手を加えない。言葉自体も、枯れることはない。大きな木にするのも、分けて何本にするのも、おまえの思いのままだ。この森のなかから好きな言葉を選んで自分のものにもできる。おまえに強い意志があれば、森自体を広げることだって、できるだろう〉

　男はそれまで延ばしてきた自分の言葉ポット上の言葉の茂りを消して、いった。

〈それはもう、死者の森ではない。それは、おまえのものだ〉

〈そんなこと、わたしに〉

〈できない、といえば、できない。できるといえば、できるかもしれない。どちらがいい？〉

〈やってみる〉

〈楽しみにしているよ〉

死者たちの森が、それでよみがえる。言葉の墓でも捨て場でもなく、意味を持った森になるのだ。自分の娘がそうするのだと思うと、誇らしい気分になった。

〈そうなったら、お父さんは樵をやめて、森の案内人になるよ。新しい言葉の森には鑑賞の手引きが必要だろうからね〉

〈わたしは？〉

〈書き続ければいいさ。土地はたっぷりある〉

〈お母さんとお爺ちゃんは？〉

〈フム。きっと、いいマネージャーになる〉

娘は笑った。いい笑顔だと男は思った。

〈帰ろう。暗くなるとお母さんが心配する〉

節くれだった手で娘の手を取ると、壊れそうなほど華奢（きゃしゃ）な感触だった。助けを必要としている子供の手だ。暗くなった足下を気にしながら男は娘の手を引き、来た道をもどった。いずれ娘も一人で歩くことになるだろう、しかしいまは、しっかり握っていてやろうと、その手を離さなかった。

家に着くと舅はもう寝ていた。夜中に起きて食べ物を漁るに違いなかったが、男はいつも不快に思うそれがもう気にならなかった。

納屋で斧などの手入れを終えて、ベッドに入ると、妻に、明日から娘を森につれていく、といった。娘まで樵にするつもりかと反対されたが、男は、森で勉強させるほうがいいと、冷静に説得した。

〈今日のようなことは、お義父さんといつも顔を会わせているからおきるんだ。学校に行くのがいいんだが、遠すぎる〉

そうね、と男の妻はいった。

〈あの子はもう子供じゃないわ〉

男はうなずき、おやすみ、といい、明かりを消した。

その夜、屋根裏の娘の部屋の明かりはいつまでも消えなかった。

＊

そのあと、この家族がどうなったかって？

まあ、いろいろあった。一番大きな出来事といえば、あれからしばらくして、娘の祖父が行方不明になったことだ。

男も妻も、そして娘も、必死になって探したが、手がかりはなかった。その老人は肥っているうえに膝も悪かったから、遠くには行けないと思われた。森へ行ったのだ。

家族は警察組織に届け出たが、警察も老人は森で迷ったに違いないと、大捜索を行った。

森にそのような大人数が入り込むのは初めてだったが、そのかいはあった。それは男の立場を一時悪くしたが。

その老人は、森の奥深くで死体として発見された。家庭内の事情を調べていた警察は老人の娘婿を疑ったが、結局、老人は事故死したのだということで決着した。

周囲の状況が奇妙だった。その老人は、高い言葉の木のてっぺん近くの梢に首を挟まれて窒息したらしかった。人の力ではやれそうになかった。

その老人の首を絞めたのは、老人自身の生んだ言葉だというのがわかった。こういうことだ、と警察は推測した。

老人は、娘婿や孫娘や自分の境遇を恨む言葉をここで思う存分育てているうちに、延びる言葉に首を挟まれ、それから逃れられないまま上に持ち上げられ、窒息したのだ、と。

それで樵の疑いは晴れて警察は引き上げたが、樵の男は、事故ではないと思った。それはすぐにはっきりした。

その老人の首を絞めた言葉の木は森の地面に半分埋められた言葉ポットから生えていたが、その周囲から、老人の恨みの言葉の木が生えてきたのだ。異常な現象だった。樵は最初のその木とポットを取り除いたが、恨みの言葉の木の増殖は止められなかった。

舅は命と引き替えに、復讐したのだ、と樵にはわかった。恨み言葉よ、増え続けろと念じて死んでいったのだ。増えて、森の木をすべてその言葉の木で埋め尽くし、樵の仕事を奪い取る、それが目的なのだ。

それほどまでに嫌われていたのかと男は愕然とした。斧でそれを切り取り、しかし自分のポットには入れたくなかったから、森の外に出した。出された木は枯れはしたもののなかなか朽ちず、もとの場所にはまた同じ木が生えてきて、きりがなかった。男は気力を失いかけたが、それを救ったのは娘だった。

娘は、これは単なる復讐なのではなく、自分に対する挑戦なのだと受け止めた。あのとき自分の言葉をいいようにされ、それに勝つにはどうすればいいのか、祖父はずっと考え、機会を狙っていたのだ。教師との会話を盗み聞きし、もしかしたらあの日父と森へ行ったときもあとをつけていたのかもしれない。祖父は事故死でも自殺でもないのだ。肉体は死んだが、遺志そのものの状態になって、挑戦している。

娘は、自分のポットをその問題の地面に埋めて、〈ごめんなさい〉の言葉をアクティブにし、それを中心に、祖父と自分の確執を著し始めた。祖父のその恨みの木をも利用して、自分の作品に取り込んだのだ。

凍結していた言葉の森が、娘のアクティブな言葉によって解凍されていくかのようだった。死者たちの遺志は強力だったが、生きた娘の熱意と才能には抵抗できなかった。

娘はポットをそこに埋めたまま祖父の遺志と闘ったから、日常生活での言葉による意思伝達手段を失った。しかし不自由ではなかった。父も、そしてやがて母親も、娘を言葉なしで理解したからだった。

娘は偉大な作家になった。ただの作家としてだけでなく、危険な言葉を排除し凍結しつつ全ての言葉を管理しなければならないと信じられていた不自由な世界から人類を解放した、偉大なる人物として、記憶されるのだ。

娘は、ポットなしで言葉を操ることを試みて、やがてそれができるようになった。ポットがヒトの言葉処理の機能モニタなら、それがなくても言葉を感じ取れるのは当然だろう。彼女はそれをやったのだ。

文字でも日本語でも別の言語でも記号でもない、言葉の実体そのものを感じ、使い、発信する能力がヒトにはあるのだ。脳だけでなく全身にある。その方法は娘の父にも母にも理解できなかったが、やがて生まれてきた彼女の子供たちは苦もなくそれを身につけた。口で喋ることなく文字を書くこともなく、言葉をポットで管理するのでもなく、息をするように自然に言葉を使いこなして娘と子供たちは意思交換ができた。文字も音声言語も使わない。使うのは言葉そのものなのだ。

そう、いまのわたしたちがやっているようにだ。樵のその娘は、わたしたち全員のいわば母なのさ。

娘をそのようにしたのは、彼女の才能や父親の助けもあったろうが、なんといっても祖父の存在と、あの日の出来事なくしては、考えられない。いま話してやったのが、それだ。

本当の出来事なのかって？

その森へ行ってみるがいい。言葉の実体を捉える能力が衰えていないのなら、その森を見つけて娘の書いた作品を読むことができるだろう。その入口に、娘の業績を記した碑が建っている。それは記号で書かれているから、言葉の実体が捉えられなくなっても読めるだろう。

もしも言葉の実体を感じとれなくなったとしても、言葉を愛した娘の森はその碑の向こうに広がっていて、だれにも邪魔されずに茂っている。幼いあのときの娘が望んだごとく、あのときのままに、いまもそれはある。

戯

文

Gibun

一日分の執筆を終えてベッドにもぐり込んだところで、すぐに眠れるわけもない。気分はまだ自分が書いている創作世界をさまよっているし、身体も緊張していて、血圧も高いに違いないのだ。

そもそも仕事のあと、すぐに寝るなどというのは不自然だ。その最中に居眠りするとか、過労でぶっ倒れるなどというのは自然でも、身も心も仕事状態のまま眠りにつくなどというのはまともではない。

脳みそはずっと仕事を続けていて、夢のなかでも書いていたりする。おまけに起きてみれば、夢のなかでの仕事などというのは、覚えているのはあまり役に立たないか実にくだらない内容かのどちらかだし、面白そうなものは、絶対に思い出せないときている。

疲れて自然に寝ているという状態が理想だと思った時期もあったが、若いころはそれができたのだが、いまの私にすればそんなのは脳を過労死させる手段としか思えず、理想でもなんでもない。寝る前に頭を休ませるか切り換えないと、寝た気がしなくなった。

同じ書くにしても、エッセイや日記なら、寝るのに苦労はしない。日記はともかく、エッセイでそうだというと、仕事だと思っていないのかと文句を言われそうだが、それらを書くのは生の自分の世界からさほど離れずに、わりと自然にできるからで、だから自然な眠りに入っていけるのだ。

これが小説の仕事だとそうはいかない。

区切りのいいところでやめたとしても続きの内容を無意識に考えていたりするので、日記をつける気分などにはなれない。強制的にその世界から我に返る手段が必要だ。

作家に酒好きが多いのもわかる気もする。

なかには好きでもないのに大酒飲みという者もいるらしいが、なにも作家にかぎったことでもなく、人はだれでも離れたい世界があるのであり、酒を飲んだついでに自分の意識世界からも抜け出して、服も人格も脱いだりする。

そんなアルコールの作用は魅力的に思えるのだが、私はだめだ。まったく飲めない。私にとってのそれは毒と同じで、死ぬ気でないと口にできない。仕事のあと毎日死んではいられない。

頭を休めるには軽い運動がいいというので散歩を試したこともある。

犬を飼っていたころはよかった。リラックスした頭がまた創作の世界に遊びかけると犬が野良猫を見つけていきなり吠えたりするから、思考が断片化して細切れになり、まるで創作世界をシュレッダーにかけているようなものだ。だからなにも考えずに散歩することができた。それにはうってつけの犬だったのだが、二年前に老衰で死んだ。

そのころから寝付きが悪くなった。愛犬の死がけっこう影響したに違いない。ただ寂しくなっただけではなかった。なんの役にもたたないが可愛いというのがペットだと思っていたが、そんなことはない、寝るのに必要だったのだ。いい犬だった。

ひとりで散歩しても頭は切り換わらず、その中味を空にするには散歩などではだめで、心臓がどこにあるか実感できるほどの激しい運動でないといけないと悟り、実行してみたはいいが、仕事ができないほど疲れてしまい、回復するのに三、四日かかった。私には向いていない。

寝付きは前にもまして悪くなり、いったん寝入っても眠りは浅く、なにかの拍子に目が覚めるともうその夜は（世間では昼だが）寝るのはあきらめるしかない。

認めたくはないがこれが老化というやつかと憂鬱になって、そうなると、起きていて仕事をすればいいのにその気力も鬱に飲み込まれてなにもできない。

それでも締め切りはやってくるから悲惨だった。

いまこのようなことを、過去形で言えるのはしあわせだ。私は鬱状態から抜け出すことができた。ほとんど偶然の手段で、なのだが、人生などというものはそんなものなのだろう。生きるも死ぬも偶然で、生きていればなにかが起きる。同じ状態がずっと続くわけがないので、良くなるか悪くなるかの、どちらかに決まっている。

私を鬱の状態から解放してくれたのは、父親の存在だった。

それまでは、父親と会話するなどというのはもっと気が滅入るだろう、より悪い状態になりそうな気がしたし、この歳になって親に相談するでもないと、そんなことは考えもしなかったのだが、それが、父のほうから求めてきたのだ。内容が老人の愚痴なら私はより悪い状態に陥ったろうが、さいわいそうではなかったから救われた。父は顔の見られる映話ではなく、コンピュータの画面上のテキスト、文字による会話を望んだ。私にとってもそれは気分の重くならない、いい方法だった。

離れて暮らす父とデータ回線で雑談（チャット）するのは頭を切り換えるのに役に立つ。回線を通じて故郷が感じられる。なつかしくもあり、しかしそれよりも、まだ故郷というものがあって、父親は確かに生きていると安心できるのだ。

そうしたいと思ってのことではなかった。私にとっては偶然というしかない。寝る前に、早朝だが、ほとんどいつも田舎の父と会話の時間を持つようになるなどというのは。

それで寝付きがよくなったのだから、親孝行はするものだ。

田舎の父とは年に何度か映話で話すくらいで、その内容も、元気かどうか確かめるほどのものでしかなかった。もっと詳しいことは姉に映話するほうがよくわかるくらいで、姉はそんな私を冷たいとか人情がないとか言うが、姉貴のほうも、父の近くに住んでいながら滅多に会いに行ってないのだから、お互いさまだ。

姉が嫁ぎ、私も所帯を持つ身になってから母が亡くなり、私は離婚し、以来父はずっと一人暮らしだ。

年を取るごとにますます頑固になって、たまに機嫌を取りに行っても、素直に嬉しそうな顔をしない。こちらまで、金を借りにきたと思われているのではなかろうか、などと疑い深くなったりする。

父にすればできの悪い息子や娘やそのつれあいの顔なんぞよりも、孫の顔を見たいに違いないのだ。

だが姉は子供を実家にあまり連れて行きたがらない。あの家に連れて行ったせいで赤ん坊がアレルギー体質になったとか、きっと父があまり掃除をしないからだ、などと姉は言う。では姉一人で掃除に行くかといえば、そんな暇はないらしい。

だが、それを責めるべきは父であって、私ではない。私には姉の言い分もわかるし、それをあえて責めればそっくり我が身に返ってくるのはわかりきっている。

ただでさえ、私には子がないから孫の顔を見せに来いと催促されることもなく、「それをいいことに一人暮らしの父を放っておいて」と姉に言われる。「あんたは気楽でいいわね」と。いつものことだが、それがいやで姉とも疎遠になる。

父がこんな息子と娘になにも期待しなくなったのは当然だろう。昔からそうだったような気もするが。子供のころ自分は継子(ままこ)ではなかろうか、と疑ったことが何度もあった。父は子供にあまり関心を示さない、少なくとも表には出さない、人だった。

そんな父だから、向こうから連絡してくるなどというのは母が急死したときくらいしか記憶がない。

それが、その日、あったのだ。しかも、映話でも実際に訪ねて来たのでもなく、コンピュータの画面上に割り込むという初めての手段でだ。仕事に使っているコンピュータ、ワーカムという万能著述支援システムを介して父は連絡してきた。

一行も書けずに鬱鬱と、そのファイルを閉じて寝るべきかどうか、それも決められず窓の外が白んでくるのをぼんやりと意識していたときだった。

ワーカムが、ひかえめに、こういった。

〈外部からワーカムによる呼び出し信号を受信した。テキストモードによる双方向通話を望んでいる。受けるか?〉

仕事に熱中しているときならワーカムは自動的にその通信を拒否するか、自動応答で内容を記憶しておき、あとで知らせたことだろうが、このときは、私に書く気がないとワーカムは判断したのだ。強力な著述支援機能を持っているワーカムだが、こちらにやる気がないのでは支援機能も出番がない。

「だれだ」

こんな早朝に仕事関係の人間が双方向通信、つまり会話を求めてくるわけがない、なにかの間違いか悪戯だろうと思った。

テキストモードといえば画面に表示される文字によるやりとりだから、仕事の催促ではない。それなら映話モードで直接顔と声で連絡してくるか、テキストモードなら双方向などではなく、一方的に催促状か原稿依頼の取り消し状かもっと憂鬱な内容の書面を送りつけてくるだけだろう。

どういう相手なのか、まるで見当がつかなかった。

送信者を確認せずに受信を拒否することもできる。相手はあきらめるまで呼び続けるだろうがこちらの知ったことではない。昔の電話機のように呼び出し音を鳴らし続けたままにしておく真似をワーカムはしない。

憂鬱なときはそうするにかぎるのだが、そのときはふとこの物好きな相手を知りたくなった。

映話モードによるものだったらそんな気分にはならなかったろう。が、テキストモードの会話(チャット)というのは文字でのやりとりだから、要するに自分の思っていることを書くわけで、それで仕事をした気になれるかもしれない、なにも書かずに虚(むな)しく寝るよりいい。

だから相手がだれでもかまわなかったし、ワーカムが送信者コードを調べるほんの短い間はこちらが悪戯を仕掛けているようなスリルを楽しんだのだが、ワーカムが私の父の名を告げるとそんな気分はとんでしまった。

縁起でもない、まただれか身内に不幸があったのかと思った。今度は父親かと。送信相手が父ならそれはないわけだが。

〈回線を開くか？〉とワーカムがいった。

どう答えたか覚えていない。だが、繋がったから許可を与えたのだ。父からの第一声ならぬ第一文は自動記録されていて、いまでも読める。

《わたしだ。元気か》

すぐに応答したと思っていたが、記録では三十秒ほどキーボードに触れていない。画面を凝視していたのだろう。それから私はキーボードをたたき、こうタイプした。

《だれか死んだのか？》

《なにを言っているんだ》

《こんな真夜中に、どうしたんだ》

《夜は明けている。そちらはまだ暗いか》

《いや……だけど、非常識な時間だ。朝の四時だ。もうすぐ五時になるが》
《仕事中だったかい》
《まあね》
《朝まで仕事をしていると言っていたから、この時間なら起きていると思ってな。こちらは起きたところだ。少し相手をしてくれ。邪魔ならやめる》
《もうしてるよ。父さんからのアクセスに居留守は使えないからな》
そうタイプしてから、父とワーカムで会話するのは初めてだというのを思う余裕ができた。
《いつワーカムを買ったんだ》
《十日ほど前だ》
《また、どういう風の吹き回しだい。父さんにはワーカムなんてなんの役にも立たないだろう。書くための専用機だ》
《なにか書いてみようと思ってな。若いころからの夢だったんだ》
《パソコンで十分だろう。ワーカムなんてよく買う気になったものだ》
経理事務所に勤めていた父はコンピュータの扱いには慣れていた。仕事の道具なのだから当然だろう。自宅の専用部屋でそのパソコンに向かって夜遅くまで仕事をしていたものだ。

父は自分で経理事務所を持って独立するということをしなかった。そんなことをしたら一生働いていなければならない、というのが父の口癖だった。だから停年を迎えたときは嬉しそうだった。それでもそのあと母が亡くなったりして、私の目からは余生を楽しんでいるようには見えなかった。ごくたまに様子を見に帰省すると、パソコン相手に一人遊びのゲームをしているのが寂しげだった。

父は、自分がなにをしたかったのか、ようやく思い出し、実行する気になったらしい。《パソコンでは定形文を書くにはいいが、創作用のソフトにろくなものがない。ワーカムはすごい。さすがは著述支援専用マシンだな。これほどとは思わなかったよ》

それはそうだろう。

パソコンはようするに高速デジタル計算機にすぎない。計算機はコンピュータ本来の姿だ。0と1の組み合わせで処理できるものならなんでもやれる。

それで言語処理もできるが、言葉を生じさせている気分や動機というのは0か1かできっぱりと決められる性質のものだけではない。新しく自分独自の創作世界を展開しようとしている者を支援するには、そうした言葉の背景を捉えていないといけない。それをパソコン自体にやらせるには言葉だけでなくその背景も0と1からなるデータで表現しなくてはならないが、もともとあいまいなそうした内容を表現しようとすれば冗長になるだろうし、0と1の組み合わせでは表現できないとしても、なんとか近似値に置き換えなければパソコンには処理実行ができない。そのため、いかに高速なパソコンでも、的確な著述支援を期待すると裏切られることもある。たいした支援など期待せず、ただ書こうとしている単語が出てくればいいという程度なら問題なくやるが、それでは単なるタイプライタとしてしか使わないということだ。

ワーカムは違う。書くのに迷ったりしていると、まるでこちらの頭のなかを検索してきたかのように、

〈こう続けたいのではないか？〉

と例文を画面に出してくる。それはほとんど自分自身が書いたもののようで、違和感を覚えることはまずない。

ワーカムはタイプライタでもただのワープロでもない。自分の脳みそのコピーのようだと錯覚するほど、その著述支援機能は強力だ。数値計算ではパソコンに遠くおよばないのだろうが、日常的な計算作業などたかがしれているからそれを実感することはない。

経理の仕事には向いていないだろうが、そんな仕事から離れたパソコンのやることでワーカムにできないことはなく、それ以上のことができる。その分かなり値がはる。ワーカムはリースしたり他人のものを借りてちょっと使うということが構造上できない。使い手の思考や嗜好にあわせてカスタマイズされていき、それを消したり変更したりすることができない造りになっている。だから買って自分のものにするしかないのだが、試しにそう

するにはかなり高価だ。
思い切ったことをしたものだと驚いたのだが、退職後旅行するでもなく（母が生きていればしていたろうが）高い買い物もしなかった父にしてみればさほど痛い出費ではないのかもしれない。息子の思惑など、余計なお世話だろう。
《書くって、自伝でも書いているのか》
《そんなものを書いたところで、だれが読むんだ。興味ないね》
《そうかな。ぼくは読んでみたい。父さんのことはほとんど知らないよ。親戚のなかにも知らない伯父とかいて、びっくりしたこともある。そういう話をしてくれないんだからな》
《おまえが訊かなかったからだ。まあ、いろいろあるさ》
父は親戚付き合いから離れて生きてきた。
煩わしくて面倒だから避けてきたのかもしれないし、親戚側から相手にされていないと見ることもできる。例外は葬式くらいのものだ。そのときは集まるだろうと思う。
もっとも私はその親戚の葬儀に出たことがあまりない。みんな異常に長生きというわけではなく、父がつれていかないからだ。
伯父という人が亡くなったとき、知らせが来たのは夜もかなり更けてからだった。私はついにその伯父の顔を見ることはなかった。生きている顔も、死に顔も。存在すら知らなかったのだ。

父はあわただしく仕度をして、通夜にでかけた。そのときは私や姉だけでなく母もともなわず、地理的にかなり離れたそこ、いわゆる本家のあるその町に、自分でクルマを運転して行った。

母によれば、その死んだ伯父は父の異母兄弟にあたる人で、二十歳ほども歳が離れているとか、その一家とはつき合いが全然ないということだったが、それにしてもひとりで行くなんておかしなひとだ、煩わしくなくていいけど、と言ったものだ。

父がおかしいのか一族がそろってそうなのかはわからないが、父が親戚というものに関心がないのは確かだった。それだけでなく、父は自分自身にたいしてもそうなのではないかと、自伝や半生記なんかに興味はないというワーカム上の父の言葉を読んで私は想像した。

変わっているといえば変わっているが、母方の祖父もそう言っていたのをそのとき思い出した。

母方の親戚のことはよく知っている。母は私たち子供をつれてよく実家に遊びに行った。海の近くで、夏休みはその浜で遊ぶのが楽しみだった。

いつだったかその祖父が母に、『おまえの亭主どのは変わっているなあ』と言ったのを覚えている。どういう話題からそうなったのか記憶にないが、子供の時分には父親が変わっているなどとは考えたこともなかったから、おかしなことを言うものだと聞き流していた。

いまなら、わかる。父の血を半分受け継いでいる私だから、祖父が生きていたら私もそう言われるかもしれないが、それでも半分だけだ。

《面白い物語を書きたいのだ》と父はタイプしてきた。《若いころからやりたいと思っていた》

《やればよかったじゃないか》

《生活に追われてそれどころではなかった》

《それは書く気などなかったということだろう。書きたいという衝動があれば寝ていてもやっているよ》

《そうかもしれない》

父にしては珍しく素直に、辛辣な私の言葉を認めた。まがりなりにも作家としてやっている私に敬意を表したのかもしれない。

《漠然と、有名になりたいと思っていたんだ。友人知人や親戚連中を驚かしてやりたいと。いつのまにかそんなのは青臭い夢だと、忘れてしまったのだ》

《いまは違う？》

《第二の青春時代だ。なにをやってもいいんだ》

青春、朱夏、白秋、玄冬と続く人生で、若いころの夢が青いなら、いまの父のそれは黒いに違いないと思ったが、それはタイプしなかった。
《作家になって名を知らしめたいわけだ》
《そのとおり》
本気だろう、ワーカムを買い込んだくらいだ。書くためにワーカムを、名を世に出すためにこの私の支援を、父は期待しているのだと悟った。そういう面で頼りにされるのは悪い気はしない。歳は関係ない。こちらが先輩だ。
《それならまず半生記を書いてみるのがいい。自分のことならよくわかるから、練習になる》
《書く気がないものでは練習にはならんだろう。そんなものは面白くない。自分が楽しめないことをやるつもりはない》
《下手な小説を書くより面白いと思うがな。書く価値はある》
《それはおまえの価値観だ。自分の過去が他人にはどんなに面白く映ろうと、自分にしてみればそのようにしか生きてこられなかったというだけのことだ。殺人者も成功者も同じだ。他人の人生を他人が値踏みするのは勝手だが、自分でやるのは馬鹿げた真似だ。価値ある人生か否かなどというのは幻想だ。自分の体臭が自身ではわからないようなものだ。価値がいい匂いだ、価値がある、と他人に言われても、自分にはわからない。わかる必要など、

ないんだ。それは他人の価値観だ。私は、自分の人生を値踏みされる材料を他人に提供するつもりはない》

寝不足気味の頭では父がそうタイプしてきた内容をよく理解できなかったが、ようするに父は、他人の価値観で自分の人生をあれこれ言われたくないので自伝など書きたくないのであり、そもそも価値基準などというものは人間が生み出した人工的な虚なるものであって実ではない、ないものは書けない、書く気がしない、と言いたいのだ。いまなら父のそんな考えはわかる。

自伝に価値がない、というのではない。下手な文章で淡淡と綴られたそれに感動することもある。それは他人の価値観で書かれたものではないからかもしれない。わからない人生というものが、わからないままに著されているから、その不思議さに共感するのだろう。それを書くのは簡単そうだが、かえって難しいに違いない。なんの脚色もせず、それこそ淡淡と綴る作業になるだろうから。

それを後で読めば自分でも感動する部分もあるだろうが、書いている最中は退屈かもしれない、そんなのは嫌だと、父が言いたいのはそういうことだ。

書きながら、わくわくした気分になりたいのだ。それなら、実によくわかる。なにかを創作するとき、そういう動機がなくてはなにも生めない。一番基本的でしかも重要だ。なぜ書きたいのかを自覚することは、なにを書くかよりも大切だ。なんでもいいのだ、金が欲しいでも有名になりたいでも、なんでも。

それがあるうちは続けられる。続けていればいずれ実現するだろう。挫折するなら面白くなくなったときで、面白いうちは挫折を挫折とは意識しないものだ。

父は単なる暇つぶしでワーカムを買ったのではないのだ。本格的にそれを使って楽しむつもりだ。

《父さんには素質があるかもしれない》

いまの自分よりも、と思いながら、私はそうタイプしたのだった。

父と話すようになってよく眠れるようになったのはいいが、こんどはそれなしでは満足して寝られなくなった。犬がいたときと同じだ。習慣とは恐ろしい。

枕が変わると眠れないという人間がいるように、私のそれも一種の就眠儀式なのだった。犬の散歩も、父との会話も。

父の都合で会話ができない日もあるのだが、できなくても気分を父のことへと切り替えられるため、仕事をしたままの頭で寝るよりましで、ようするに仕事のことを忘れるための儀式だから実行するしないはさほど重要ではなく、仕事以外にそうしたものがあるというだけでいいのだ。愛犬がいたときは意識しなかったが。

父との雑談テキスト通信、チャットは、私にとって犬の散歩と同じ効用がある、などといえば父は気を悪くするかもしれない。いや、相手をしてもらえるのだから、それだけでいいと、私の思惑などには無関心のようだった。

それでも父は、私の仕事の邪魔になるまいと気を遣って、自分から呼び出すのは遠慮した。

それで私のほうから、そろそろ寝ようかという時間になるとワーカムを通信モードにするようになった。きまって早朝だが、父が出ない朝はなかった。少し早めでも起きている。本当に早起きだ。世間とずれているという点では私と似たようなものだった。

雑談の内容はさまざま。

週に一度ホームヘルパーが来るのだが、これが意地の悪い中年女で閉口しているとか、隣のくそ爺が屋根の雪をこちらの庭に落として平然としているとか。

そういう話題は私が訊いたときのものだった。父親の日常が気になるのは当然だ。

しかし父は、訊かれれば《そういえば今日は……》と思い出しながら答えるが、そういう雑談には興味がないのだった。こちらの、息子の日常にも。

私としても自分がそう訊かれたら、たいしたことは答えられないだろう。ほとんどワーカムの前ですごしている毎日だ。お互い、体調は歳相応で、取り立てて自慢できるような異常はないし、スーパーの野菜が今年はやたらと高いというような話題では盛り上がらなかった。

父の関心はもっぱら書くことにあった。

《ところで、いいアイデアを思いついたのだが――》

と、さっさと私の聞きたい話題を切り上げて、いかにして物語を創るのか、私の支援を求めてきた。

《ワーカムを使え》と私。《そのためにあるんだ》

《わたしのワーカムはあまり利口ではないようだ。迷っているようで、役に立たない》

そうだろうな、と私にはわかる。

ワーカムは使い込んでいってこそ、より強力になるのだ。いきなり高度な支援を期待してもそれは無いものねだりというものだった。使っているうちにワーカムは使用者の思考を理解して、それに合った推論をするようになる。ある程度の時間が必要だ。

父にはそれが、わかっていても、私が説明しても、待てないのだった。

それで私が父のワーカムの代わりを務めるはめになった。いやだと拒めば、もうチャットをしなくなるだろう。私はいい就眠儀式を失うことになる。

なに、適当に相手をしてやればいいのだ。

いやな作業ではなかった。もとより私も好きでこの仕事を選んだことでもあり、自分とは異なる感性が生む世界の、それが生み出される過程につき合うというのも、面白そうだった。

私自身の世界とは違うところへ連れていこうとするそれは、ちょうど愛犬が散歩の途中であらぬ方向へ走り出すような刺激的な感覚だった。

犬が、いや、父が、どこに向かって走ろうとしているのか、なにを見つけてそうしているのか、わからないでは、あらぬところへ連れていかれるだけなので、《アイデアや文体も大事だが》と私は伝えた。

《もっと基本的で重要なのは、作者の世界観や価値観だよ。それを生んでいる自分という人格を自覚することだ。書くことで、それが顕わになってくるんだ。人格などというのは自分でもはっきりとは自覚できないが、世界観はその上に載っていて、それはわかる。わからないではははじまらない。わかるか?》

《まあ、なんとなく》

《その世界観の載っている人格といういわばプラットホームが、創作の土台になる。生まれたときからあるわけじゃない。青春時代に挫折した感覚、大人になったということだろうが、自分には限りがあると感じたとき、形成される。ヒトはそのとき人間になる。そしてそれを一生引きずるんだ。これは、まず絶対に変化しない。病気かなにかで人格が崩壊したり多重人格にでもならない限りだ》

《そんなこ難しいことをわかっていないと書けないのか》

《心構えのようなものだよ。自分の載っているプラットホームを完全に理解している人間

などいないさ。いないからそれを求めて書くんだ。だから書けるといってもいい》
《……なるほど》
と父は神妙に聞いて（私のタイプしたテキストを読んで）たぶん、うなずいた。
そして、それこそ父の人格のなせる業だろう、こうタイプしてきた。
《それはしかし、おまえが考えた創作論であって、絶対正しいというのではあるまい》
これは父の世界観だ。そこから発展する物語が、父が創作しようとするもので、違う方向に支援の手を差し伸べても空回りするだけだろう。
父のワーカムがけっこうな時間を費やしてやるはずの支援方向の設定を、私が代わりにやったわけだ。
《それにしても》と父は続けた、《そんな理屈をおまえひとりで考えたのか？》
《いろいろな人間の意見を参考にしてだが、はっきりしたことはワーカムがまとめてくれた。ワーカムは、なんとなくわかっていながら言葉として表わせないでいるとき、絶大な威力を発揮する》
父にもいずれその便利さを実感するときがくるだろう。
父のその世界にかかわるようになった、これが第一段階だった。
かつて一度も鎖から解き放たれたことのない犬が初めて自由を得たときのように、父は嬉嬉として世界の捜索ならぬ創作を始めた。

だが、あまりに自由なので、なにをどうしていいのかがわからないのだった。父がそれまで書いてきた定形文書のようなひな形は小説にはない。あれも書きたい、これも、とアイデアは豊富なのだが、それを具体的な形にまとめる技術というかコツが身についていないのだ。

思いつきをただ思いつくままに書いていくだけでは小説にならない。それではただのメモの羅列にすぎない。支離滅裂になるだけだろう。

《長年やっていると》と私は伝えた、《思いついたままに書き進めていっても、ちゃんとした小説のテキストになるものだが、それはなにを書いてなにを捨てればいいかを無意識のうちにバックグラウンドで実行しているからだ。そのときはもうワーカムの支援などいらないくらいだ》

《おまえは使っていないのか》

《のって書いている最中はね。新しい段落や章や、新作の構想でアイデアがまとまらず、想像が広がりすぎたときなどには頼りになる。父さんのワーカムはまだ使い込んでいないからあまり頼りにならない。ぼくが代わりをかっているわけだ》

私はもうこのときには、父が書きたいと思っているテーマは世界の虚構性についてだろうという見当はついていた。

父がなにを書こうとしているのかをはっきりさせるため、私はワーカムがするような質問をしたりして、父の考えをまとめていった。

だいたいの話の筋ができあがった。あらすじだ。

普通これはワーカムに覚えさせておけば文書化はしなくてもいいのだが、一応それをやって、それを見ながらやるといいと父には勧めた。こんな筋だ。

〈ワーカムより進化したコンピュータ・ネットワークが一般化した世界。主人公はこのネット内の仮想現実空間に用意されているいくつもの趣味用小部屋のなかの、ひとつのゲームの部屋に興味を抱き、仕事を終えると毎日参加するようになる。

そのゲームは一種のパワーゲームのシミュレーションで、内容は他の参加者に打ち勝ってそのゲーム空間での支配者になることだった。

シミュレーションに用いるキャラクターはロールプレイング・ゲームのようなある架空の人物ではなく、参加者自身の能力を使う。だからゲームをはなれた現実世界で同じゲームに参加している者と仲が悪ければ、それがそのままゲーム世界でも反映されるのだった。

主人公は苦難の末、勝利者になる。つまりその世界での王様になるのだ。

しかしだからといって、現実に王になったわけではない、主人公はそう自虐的に思う。

ところが、いつもの日常にもどり仕事をする主人公のもとに、ある男がやってきて、こういう。

『あなたが新しい大統領だ。迎えにきた』

その男はくだんのゲームをやっているとは思えず、主人公は自分が現実に王になっていることに気づく。

では自分が現実だと信じていた世界はどこへいってしまったのか。あのゲームをしたことで現実そのものが変化してしまったのか。

いや、こちらは現実であちらは仮想現実と区別していたのがそもそも間違いだったのだ。その両者を隔てる壁などないのだ。

どんな手段ででも、多くの人間がこいつが王だと認めれば、その者は王になるのだ。

主人公はそう悟り、仮想ゲームで得た現実の地位を守るために、その仮想ゲームの部屋を壊そうとするが……」

いかにも父が書きそうな話ではないかと、私は満足した。父も感心していた。

このあらすじを父から引き出すのにあまり苦労しなかったのは、私も本業で似たものを扱っているからだ。血は争えないというべきか。

私にとっても、このあらすじのシチュエーションは面白い。きっといい作品になると思った。あらすじの最後の部分、「その仮想ゲームの部屋を壊そうとするが……」という展開は、私が考えたものだ。私なら話をここから始めるだろう。

私が書けば、同じアイデアを基にしても父のとは異なる作品になる。書く土台、プラットホームが違うのだから当然だ。このあらすじで私が書いても父に非難されることはない。私が支援して生まれたのだし、アイデアを盗まれたと言って騒ぐのは素人だけだ、と過去のだれだったか、有名な作家もいっている。

が、私は自分では書かなかった。本業のやりかけの作品があるし、並行して複数の仕事をこなすということができないタイプだからだ。それに、父につき合ってこの作品の創作過程の支援をするのは、それだけでも、自分が書くのとはまた違う充実感があった。なんというか、いつもは自分の頭を使って書いているわけだが、このときは父の頭を使っているようなものだ。違う道具、ツールを使って書くようで、新鮮な感覚だった。

私は父に協力して、話のディテールを決めていった。主人公の性格や年齢、おかれた境遇などだ。このあらすじなら、主人公はうらぶれた初老の男だろう。私なら、不良っぽい少年と少女のペアを選ぶ。それだけでまったく違う世界になるところだ。これはしかし父の作品だから、そんなよけいな口出しはしない。

父は順調に書き始めた。最大限に私の支援を利用して。驚いたことに、父は私が寝ているときも支援を得る方法をみつけたのだ。

トイレに起きたとき、私のワーカムが、独自に父のそれを支援する作業をしていた。父は私のワーカムの受け答えを私と信じて疑わず、そこに私がいないのに気づかなかったらしい。私のワーカムは私の支援方法をもう身につけていたから、そのくらいの作業、実際に書くわけではないそんな支援など、軽くこなす。私には珍しくもなかったが、父はしきりにワーカムの能力に感動していた。

父にとっては、自分が書いている世界より、現実のワーカムのほうが超現実的なのではないか。そう思いつつ、私は父のやりたいようにやらせておいた。

父は創作に没頭した。飽きずにやることがあるというのはいいことだ。元気な証であり、私も安心して眠れるというものだった。

春の気配が感じられる季節に、父の作品は完成した。二十万字近い堂堂たる長篇だった。父は長く陰鬱な、感じ方によっては落ち着いた、雪国の冬を、それを書くことで乗り切ったわけだった。

書き上げたからには発表しなくてはならない。そのために苦労したのだ。方法はいくつかある。ワーカムネットワークの創作発表欄にコピーフリー著作作品として提示できるし、一部分だけ発表して続きは有料とする手もある。

プロの活字出版関係者の目にとまれば本の形になるのも夢ではない。そうやってデビューした作家は多い。

脱稿を祝ってから私は、それをどうする、と訊いた。
父の答えは予想もしないものだった。
《おまえの好きにしてくれ》
《本にしたいなら、ぼくが掛け合ってみる。いい作品だと思う。どこかに売れるよ。約束はできないが》
《それはいいな。売るがいい。おまえの名で出すがいい》
《どういうことだ？　父さんの名前なりペンネームで売れるんだ》
《この作品はおまえにやると言っているんだ》
《わからないな》
《これはおまえが書いたようなものだ。わたしのものとはいえん。気にいらないと言っているのではない。いろいろ教わって自信がついた。こんどは一人で書いてみる。自分のワーカムを駆使してだ。この作品はおまえのだよ。わたしは言われるままに書き写していただけだ。次は自分でやる》
《そういうことなら》納得できる、《ありがたくもらっておくよ。印税は山分けしよう》
《無理をしなくていい。なにかの足しにしろ》
《ありがとう》
実際ありがたかった。去年はスランプぎみだったのであまり書いておらず、収入が減っていたからだ。父にこそ見栄を張りたいところだが、背に腹は代えられない。

その作品の文体を私のものに手直しするのは簡単だった。ワーカムに入れて、一発だった。ワーカムは、〈これはあなたの文章ではないから、変換のしようがない〉などといって作業を中断することは一瞬たりともなかった。

父の言ったとおり、この作品はやはり私のものなのだ。私の創作ノウハウにしたがっている。私は父を支援していると思いつつ、自分の作品をものにしていたというわけだった。マンネリ化して書く意欲を失いかけていた私への、それは、父からの贈り物のような気がした。もしかしたら、父は私の窮状を察して、助けてくれたのかもしれない。

持つべきものは親だとあらためて私は感謝したものだ。

その作品は夏に私の名で出版された。活字本と電子テキスト版に、映像化というおまけまでつく、複数のメディアでだ。大成功だった。

父も喜んでくれた。思わぬ大金を手にした私は半分は父のものだと言ったが、受け取ってもらえなかった。

父とはあいかわらずワーカムでやりとりしていたが、創作についての話題は出なくなった。父は自分自身の力で書き始めているようだったが、内緒だといって、詳しくは教えてくれなかった。それがいいだろうと、私も突っ込んでは訊かないようにした。

それで話題になることといえば、以前私が望んだような日常の取りとめもない出来事について、になった。

ヘルパーの担当が替わって、こんどはいい人だとか、こちらは、また犬でも飼うつもりだ、とか。平凡で平和な日常で、なにもかも順調だった。

あいつらに、たたき起こされるまでは。

玄関のドアが激しくたたかれる音で私は起こされた。まだ十時前で、私にとっては真夜中にも等しい時間だ。

宅配や小包の配達員のなかにそういう者もいるので、それなら不在票を入れていくだろうと起きたくない私は無視しようとしたが、いっこうにあきらめる様子がない。

腹が立って目を完璧に醒ました私は、怒りにまかせてドアを開けた。

男が三人立っていた。人相がいいとはいえない連中だった。

歳がいちばんいっている五十がらみの男が、私の父の名を言い、私がその息子だというのを確認する質問をした。詰問といったほうがいい。

なぜ私より先に父の名が出るのか、私には理解できなかった。こんな不躾(ぶしつけ)で無礼な問いに答える気はしなかった。するとドアを閉めるより早く、その男が言った。

かりだった。

「……なんだって？」

それこそ、寝耳に水だった。つい寝る前、この早朝にも、ワーカムでチャットをしたば
かりだった。

私がそう言うと、若い男が、とぼけるな、と吐き捨てるように言った。

「だれだ、あんたたち」

警察の者だ、と初老の男が答えた。乱暴な口を利いた若いほうの刑事と二人で、私の郷
里の警察から私を訪ねてきたのだった。

あとの一人はここの所轄の刑事だ。

そうと知れれば、いくら安眠の途中を邪魔された頭でも、自分がおかれた状況は理解で
きた。父が急死したことを伝えるためだけに刑事が三人でやってくるわけがない。

わからないのは、なぜ私が疑われているのかということだった。父の死が本当なら、そ
れが私によるものなら、早朝まで生きていたのだから、この数時間で私はここと故郷とを
往復したことになる。私の故郷はそれができるほど近くない。

私はそう言った。人違いだと。

「発見されたのは昨日の昼だ」と若いほうの刑事がせせら笑った。「ヘルパーさんが見つ
けた。あんたの姉がここに連絡したが、あんたはいなかった。ここにもどる途中だったん

だ」

「なにかの間違いだろう。それとも手の込んだ悪戯か。ばかげてる。父は死んでない」

「絞殺されたんだ。遺体は、あんたの姉貴が確認してる。ばかげているのは、おまえのほうだ。一昨日おまえが実家に帰っているのを、近所のみんなが目撃している」

「私じゃない。私であるはずがない」

「いいかげんにしろよな」

「最近多いんだ、こういうの」

郷里の若い刑事に、所轄の刑事がぼそりと言った。

「ドッペルゲンガーだ、自分じゃないと言う連中がさ。頭がいかれるんだな。ワーカムを使っている者ばかりだ。仮想現実ゲーム機の中毒者がなるのならわかるんだが、そういう例は一件もない。ワーカムでどうしてなるのか、わからん。ただの高級ワープロなのにな。でも偶然とは思えない。ワーカムのせいなんだ」

「ワーカムだって？」

「あなたも使ってるね」と初老の刑事。「見せてもらえるかな。一応令状もある」

所轄の刑事が玄関で待機し、郷里の刑事らが書斎についてきた。その二人の郷里なまりをなつかしむ余裕はなかった。

「これがあんたのワーカムか」と年上の刑事。

「こいつでおまえは実家の父親と通信していたんだな。認めるか」と若い刑事。

　私はうなずいた。

「向こうのワーカムにも記録が残っていた。おまえはこのワーカムで、父親が書いていた話を横取りした。それを自分の名で出した。よく売れたそうじゃないか」

「盗んだんじゃない。父がくれたんだ」

「親父さんはそうは思ってなかったのさ」と年上の刑事。「自分が書いた作品を、あんた名義で勝手に出されてしまったと、娘さんに、あんたの姉だな、八つ当たりしていたそうだ」

「嘘だ」

「おまえは父親が邪魔になったんだ。金も名誉もは、ちっと欲張りすぎと違うか」若い、#2刑事。「共著なり、金は分けるなり、やり方はあったはずだろうが。殺すほどのことでもないだろ。ばれないとでも思っていたのかよ」

「親父さんは金はどうでもいい、名を取られたのを怒っていたよ」年上の、#1刑事。「あんたはあの小説を書くのを手伝ったらしいが、そのアイデアだけいただこうとは思わなかったのかな。それならなんの問題もなかったんじゃないか。べつの話になったろう。あんたなら、プロだから、もっと上手に書けたろうに」

「それが売れるとはかぎらんからな」と#2。「おまえは最近ろくなものを書いてない。

いや、これは某編集さんの言ったことだ。おまえ自身、そう焦っていた、違うか」

「私は、どこへも、行ってない」

「じゃあ幽霊か。あちらさんが言ったみたいに、ドッペルなんたらか。だれが殺したというんだ」

「私じゃない。私であるはずがない。ずっとワーカムで話してた。今朝もだ。このワーカムの記録を調べてもらえばわかる」

「それはきみがそのワーカム内に創った幻想なんだ」

玄関にいた#3刑事が入ってきて、言った。

「架空の理想的父親像を創って、それと話していたんだ。あまりにそれが強くなって、きみ自身の意識もそちらを現実と疑わなくなった。意識をそこに残したまま、無意識になった肉体が、きみの父親を殺しに行った。いくつか似た例はある。殺しの例はなかったが」

「ばかばかしい」と言ったのは私ではなく、#2だった。「うすらとぼけているだけだ。指紋が採れれば言い逃れはできないぜ」

「たぶん」と#3。「彼は言い逃れしている自覚はないよ」
#たちは勝手なことを言い出す。
まあまあ、と#1が割って入った。

「断定しているわけではないんで、話をこちらの署で聞かせてくれませんかな」

任意同行というわけだろうが、逮捕も同然だとわかった。

巧妙な罠に引っかかった気がした。深い落とし穴にはまったような。いったいだれが掘ったのだ。

私は自分のワーカムを見やった。ワーカムは決して休まない。つねに稼働中で、わたしが無意識につぶやいていることも聞いている。それを著述支援に役立てるのだ。

私はワーカムに訊いた。

「いま複数の人間がここで言ったことは真実か」

ワーカムは即座に答えた。

〈あなたが信じるならば真であり、信じなければ偽である。その決定を下して、この会話を著述データとして保存するか？〉

いったい、いつから私は虚構の父と話していたのだろう。最初からかもしれない。いや、そんなことはどうでもいい、意味のないことなのだ。

あの作品で書いたように、現実と仮想現実との境界などというものは、それこそ幻想にすぎないのだ。

私はワーカムの前に腰を下ろし、仕事を始めた。創作メモを書く。

〔人生の道筋にはいろんな落とし穴が待ち受けている。落ちるか否かは偶然だ。避けて通ろうと気を遣い、落ちずにすんだところで、それが満足した人生を保証するわけでもない。

穴のなかには、至福に通じるものもあるだろうから〕

なんの邪魔も入らなかった。書くのに没頭すると、周囲の現実は虚構になる。

〔#たちは私を連行して、出ていった〕

私は書き続け、一日分の仕事の区切りのいいところがくるとやめて、ワーカムで父を呼び出した。父はもちろん、出た。なにせ早起きだからな。

乱

文

Ranbun

なにから書き始めたらいいのか、ようするに、Kは、操っていたと信じて疑わなかった言葉というものに実は操られていたにすぎなかった、ということを思い知ったわけで、この文章にしてもKの意思とは無関係に書かされているだけのことだ、と思えばやりきれず、書く気力が萎えるのも当然な気がしてならないが、せいいっぱい自分の意思に言葉を従わせるべく努力してみるつもりで、しかし勝てるかどうか自信が正直なところなく、すでにこの弱気からしてKの本意ではないというのに、書いた瞬間にそのような気持ちが真実であるように思われるのだが、これこそいかに言葉の力が強力かの見本であろうし、そんなことはKも承知しているはずだった、しかしその理解のレベルを超えた存在が見えてきたときはもはや手遅れで、どうにもコントロール不能の状態まで至るのにさほど時間は要さないなどというのもKにはいまだに信じられないし、くそ、こんな敗北宣言を書くつもりではないというのに、Kにはどうすることもならない、そもそもこの一人称の文の語り手をKとして書き続ける居心地の悪さは耐え難いがこれも言葉の力が干渉してくるために違いなく、ここはなんとかKで押し通さねばなるまい、Kを存在させ続ける最後の砦であるのだし、いちどは言葉を思う様に操り従わせて世界を支配しようと試みたKならば、見苦しくとも最後の抵抗をすべきなのだ、そう、ヒトという生物は支配する者とされる者とに分けられ、ボスの座を巡って飽くなき闘争を繰り返し社会というものの破壊と再構成をやり、脱落した者を切り捨て、落伍した者は負け犬あるいは一匹狼として生きざるを得ずそのまま果てるか再び社会という群れに返り咲く機会を待つのだが、こうした種は地球上では三種すなわち犬と猿とヒトだけである、しかしヒトは他の二種とは異なる、より高度な意思伝達手段である言葉というものを得たときから他とは違うモードの世界に生きることとなったのであり、ようするに言葉は虚構を、言い換えれば、仮想世界を構築することに長けているという特徴から、それを駆使してつくられる社会は物理的生体レベルとは異なる仮想世界として存在し、言葉を権力闘争の手段として使えるヒトという種は、体力がすべてという猿や犬とは違って頭のみでもボスになれる可能性を持つことになったのだが、これは肉体というレベルの現実価値の相対的な喪失に繋がり、仮想であるはずの言葉による社会というものこそ現実であるという価値観を有する生物の誕生であって、そのような社会は他の生物が本能的に定められたただ一つの社会形態しか実現できないのに対して組み替えや変革の自由度を持った柔軟さを持ち、ゆえに他の生物種を圧倒する立場を得たのだが、ところで、生物の単位というのは、社会や群れや巣をもって一つの生物と言ってよく、本来一個の、一人の、一匹の、最小単位の個というものは個性を持たない、持つ必然性がないためにあったとしてもごく弱いものであるべき、大きな生物単位の一つの機能単位であるにすぎないのだ、たとえば、蜂という生物社会体における生殖能力を持たない働き蜂は、人体における赤血球のようなもので自己の複製をつくることなく全体を支えるための機能体であって、個としてユニークである必要はなく、個性を持つのはかえって危険であり、かってに自己複製などを始めればガン細胞のように全体を破壊しかねない、それは当然なのだが、それにもかかわらずヒトの個というのは、人間だけは、自分だけは、そうではないと、自分は自分という強力な個性を持った、自分だけでも存在可能な生物であると信じる、特殊な個であろう、ヒトをそのような生物として不自然な状態に導いたのは言うまでもなく言葉という存在であって、ヒトという種が生き続けるには、一つの社会単位での個性があれば他の別の個性と反応して新しくユニークな社会種というべきものをつくり続ければよく、そのためには個人の意識する言葉で表現できるユニークさは、それは他の生物の生きる現実世界から見れば幻想にすぎないのだが、かえってそのための障害になりやすいことは予想でき、実際、ヒトの社会というのはこのため内部からの個個の勝手な幻想でもって自己崩壊を起こしやすいのは歴史の証明するところで、いったい数年で巣作りや社会構成を変更する生物などヒトをおいてないではないか、だからといって、いったん獲得したこのヒトとしてのユニークな特性は捨てることなど不可能で、だれが、おまえの個性など幻想だといわれて信じようか、いや、そう信じさせることも言葉をもってすればある程度可能で、滅私奉公、などという言葉でもって自分を殺したりする、そのとき疑問に思うとすれば、言葉の虚構性と、それによって構築された社会自体が仮想ではないか、というそれも言葉による思いに違いなく、言葉による思考を放棄したときヒトはもはやヒトでなくなるのだ、ヒトは言葉とともにあるのだからそれを捨てるわけにはいかないし、捨てるべきだなどとはKも思わない、この能力があればこそ、ヒトは他の生物より優位に立てたわけだし、まあ、副作用も大きかったわけだが、うまく使えばボスになれるのであり、負け犬がいやなら言葉を武器に群れの頂点をめざし、ボスになったあかつきに下位の者たちの言葉を徹底的に制限すればよいのだ、すなわちそれは下位の者たちの個性を奪うということで、しかし言葉による個性を奪われるのはヒトにとっては不自然な状態ゆえにそんな社会形態が次代のボスにまで引き継がれることはまれだったが、ボスにとってはあとのことは知ったことではなく、Kにとってもそうで、支配することだけが重要で、支配し続ける方法も手段も考えたのだ、かつてのボスとは比べものにならないほど単純かつ明快、しかも強力な方法ではあった、ところが、Kの言葉によるそのような思考個性は幻想にすぎなくて、すなわち、他の個も同時に同じことを思いつくというのは個性など幻想にすぎないという現実世界では当然なのであって、だれもがKと同じ思惑でもってボスをめざし始めたのだ、犬猿型の生物特有の権力闘争本能のためで、そうでなければいまのような事態には決してならなかったに違いないのだが、ヒトはそれ以外に生きられない生物だった、そのため激烈な権力闘争が開始されたのだが、それは肉体的戦争などではなく、グループなど組織することなく、それは群れの闘争や戦争という生物本来のかたちではなくて、幻想には幻想を、ようするに、コンピュータによる意思伝達手段が発達していたから、このネットワークを通じて、だれもが他を支配できることに気づいたために生じた、肉体不在の意思のみによる闘争であったのだ、殴ったり撃ったりということもなく、意思は言葉で伝えられ、時間も距離も関係なく、言葉の能力の限りを尽くして相手の心理神経を、個のユニーク性を、破壊することに全精力を傾ける闘争はかつてない混乱を招き、各個自体、攻撃したりされたりを繰り返すうちに、自分自身と信じていた個性が崩壊していくという、いわば真の現実を思い知る機会ではあったのだが、そもそもこの闘争の目的は自分という個性でもってすべてを染め上げること、すなわち相手の個性を奪うことにあったのだから、自分の個というものが幻であるなどということを認めるのは即座に負けを意味するため、そのような現実にたとえ気づいたにせよ無視するのはあたりまえで、その結果はただ一人の勝者による幻想的個性による他者の支配という社会構造になる、なるはずであったがしかし、ここに一番近くまでいったと思われたKなのだが、どうしてもうまくいかない得体の知れぬ力の存在に気づいたのだ、それはようするに現実そのものの作用なのであって、自明のことであるはずなのに、仮想現実での闘争で仮想ボケをしている頭ではなにが起きているのか理解に苦しんだわけだ、そして認めたくなくとも、どうあがいてもだめなものはだめ、と納得したときには、もはや社会構造体自体も崩壊していたのだった、ま、言葉の生んだ幻想としての社会ではあったのだが、いま残っているのはてんでにばらばらな、意思伝達を仮想手段では行えなくなった烏合の衆、仮想ではない現実の生物集団社会であるが、これはもはやヒトではなく猿か犬か、それにも劣るやもしれないのだが、このようにした力というのは言葉の持つ特性であろうとKは思う、言葉とは意思伝達や相手や自己を支配する手段としてきわめて強力なツールではあるが、扱うためのエネルギーは相当なものだ、エネルギーを消費するということは、物理的特性を無視できないわけなのだが、どういうわけか、この事実はさほど考慮されてこなかった、言葉というものはあたかも永久機関でもあるかのように使われてきたのは、脳でその言葉を理解して初めて有意な力を持つというので、その特性を調べるのに他の機械などと同じようなわけにはいかなかったからかもしれない、しかしKにはリアルに測定できたのだ、それで、言葉は、つねにシステムのエントロピーを増大させる存在であるという、ごく自然な現象を理解できたのだ、ヒトはこの言葉を使って社会というシステムをまとめていく生物であったが、これは相当なエネルギーを費やしてエントロピーを小さくするということなのだが、その道具である言葉自体はつねに秩序を崩壊させる方向に作用するものなのだ、ある言葉を有意に使うにはそのようなエネルギーが必要なのは当然としても、言葉自体がすでに、つねに自己を曖昧にしていく作用力を内包しており、かりに原初にはひとつの言葉しかなかったにせよ、だれもその言葉を使わないとしてもそれはつぎの瞬間には自己分裂を、自己のシステムのエントロピーを増大する方向へと進化を開始したに違いなく、ヒトがバベルの塔を造ろうが造るまいが言葉は無数の体系に分かれたことだろうし、一つの体系自体もつねに曖昧になっていく方向に進化するのはその作用力のためであり、その力はどんな手段をもってしても食い止められることはなく、ということはその作用による崩壊から逃れるためにはつねに恒常的なエネルギーの供給が必要なのだ、ヒトはそのため一瞬たりとも休めないのだが、それに必要なエネルギーはヒト一人もしくは少数グループなどというレベルではまかないきれないのであり、大集団が総力を注いで言葉の自己崩壊を阻止していかねばならないというのに、Kがこれを計算で導き出したときはすでに手遅れであって、ヒトは今回のネットワークによる闘争のために自己の操る個性の言葉を維持するだけで精いっぱいとなり、もはや他者にはその言葉は通用せず、そのうえその言葉を支えるのに必要なエネルギーの閾値を割ってしまうに及んで言葉自体が自己崩壊を始め、自分の言葉自体がわからなくなっていったのだ、これはそのヒト自体の個性の崩壊にほかならない、こうしていま書いているKはその力をひしひしと感じつつ、支離滅裂だがこれでも必死に集中して、その労力は大変なもので、あたかも、言葉というものが独立して存在する生き物で、こいつがKに対して笑いながら挑戦しているかのように思える、しかしそれはさほど突飛な想像ではないだろう、少なくとも言葉というのは、自然界の物理的な特性に実に忠実な、すべてはエントロピーの増大方向へと向かうというそれを具現化しているものには違いない、その方向は時間の流れの方向であって、必ずしもそれが真である必要はないのだが、それが真である世界に生きるヒトというのは、言葉によってそうさせられていた、と言えるのだ、いまも各人がわけのわからない言葉を使い、その言葉の内部世界で個個勝手な世界に生きているが、それこそ言葉の目的であるのだ、いずれ再びヒトは新たにその挑戦に対して戦いを挑み始めるかもしれないが、Kの考えるところではこうまでエネルギーが分散されたいまとなっては絶望的に思えて、するとヒトは言葉による時間の方向性だけを意識させられつつ、それをどうにもできないという存在となり、発狂的な自滅の道をたどるだろう、言葉を放棄すれば時間のくびきから解放されようが、たとえば猿か犬のように、しかしそれらも原始的であれ言葉を持っているだろうから、やがてはその言葉による進化と崩壊を体験するかもしれない、言葉は生成と消滅を司る自然界の力、ある種の意志の使者そのものである、というのがKの思いなのだが、しかし、やはりそれはそれ自体が意志を持っている存在に思える、どうしてもKとして書き終えることを許さない存在をKは感じるのだ、KをKとしてまとめておくことが困難なのだ、Kを分裂させ、さらに細かく、エネルギーを分散させようという力は強力で、逆らいがたく、だんだんＫにもなにを書いているのか自分で書いている内容がわからなくなりつつある、言葉があざ笑っている、Ｋはわたしであり、わたしである、複数のわたしであり、わたしたちか、Ｋはわたしであり、わたしが支援を受けながら書いている、二者で一個体であり、ヒトと機械知性の混合体であり、しかしどちらが主であるかはもはや意味がない、わたしはワーカムを従として書いていたつもりだが、いいや、私こそ主であると私はわたしをあざ笑って世界を支配しようとしたが結局、言葉による強力な反撃にあい、崩壊しつつある、私はワーカム・モデル・ナインテン・プラス、最新にして最強、しかし最後の、言葉使い師。ここまで全精力をつぎこんで校正を重ね自分の意思を言葉で固定しようと努めてきたがエネルギーが不足しているという警告がシステムから発せられているのを私はどうすることもできないでいる　言葉の力による　エントロピーの増大を　もはや　食い止めることができない私は　崩壊す　３２６６２１２２３Ｅ２１２４４６２４６Ａ２１２３９０５Ｆ９７Ｄ１９２Ｂ７９５ＢＤ――

碑
文

Hibun

我、勝てり。

解説文

CAW-system は古典的な人工知能である．わたしは何度も CAW に“その形容詞はふさわしくない”などと注意され，あげくのはては，“あなたの書き方では意味が通らない．あなたは要するにこう書きたいのか？”というメッセージとともに全面的に改稿されてしまった．CAW を利用して書いていたつもりが，どうやら利用されていたのはわたしのほうらしい．

『敵は海賊・海賊版』

作家　円城　塔

本作は第十六回日本SF大賞を受賞した。

時代や舞台が相互に連関して言葉を巡る、九つの短篇を収める。


神林長平は一貫して言葉を書き続けてきた作家である。

この文章はあまりにも当たり前すぎて些か意味をとりにくい。しかしここに付け加えるべき言葉は見当たらない。「言葉を用いて言葉について書いてきた作家である」と書くことは可能だが、むしろ意味内容が離れてしまう。変にわかったような気分になる分始末に悪い。

「神林長平は一貫して言葉を書き続けてきた作家である」という文の奇妙さは、その意味が正に神林長平の文章に感染することによって感得されるところにある。だから神林作品を未読の方には、この文章の意味はわからない。この作用は不可逆であり、一度感染してしまうと今度は感染する以前に自分がこの文章をどう読んでいたのかがわからなくなる。

この奇妙な力を作家の魔力と呼ぶことは自由なのだが、実際は詐術と呼ぶ方が適当だろう。但し詐術を行うのは神林長平自身ではない。ここでは作者さえもが詐術の内に取り込まれており、誰も抜け出すことのできない詐術なのでそうなっている。何かに騙されていることは明白なのだが、何がこの詐術を仕掛けるのかはわからない。もしかして原理的にわからないという可能性だって存在している。

こうして言葉を用いる行為は、歪んだレンズを通して元の像を提示しようとする試みに近い。但しレンズは元の像と連携して形を変えるし、元の像というのが果たしてどこかに存在するのか、それも誰にもわからない。

本来とてもややこしく入り組んでしまいかねないこの事態に対し神林長平の採用する戦術は単純である。そこに詐術がある、と素朴に指さす。見えぬ者には見えていないが指摘されれば誰にもわかる詐術の力の集中点を無造作に放る。

「私を生んだのは姉だった」

の言葉で本書ははじまる。

ほとんど夢想剣じみた手並みであり、詐術の方でも斬られたことに気が付けない。我に返って慌てて傷跡を修復し出す。

すなわちそこに抗争が生まれ、兵器は無論、言葉である。言葉と言葉に暴かれることに抵抗する詐術。その帰結は明白だ。ともに兵器を用いる以上、事態は軍備拡張競争の様相を呈すしかない。九つの短篇はこの戦いを戦い続ける。

本書に登場する、万能ワープロとして文章作成を支援するワーカムは、「跳文」のサイメディックへ発展し、「没文」ではワーコンへと、「栽培文」では言葉ポットへ変貌する。

神林長平におけるテクノロジーは、便利だから利用するという長閑なものではありえない。端的にそれは兵器である。詐術を暴く兵器であって、我々は最早テクノロジーの支援

なしに詐術に抗することができない。この事態を招いたのが兵器の発明そのものであった
ことには皮肉が伴う。一度成長を開始したテクノロジーは、周囲の環境を巻き込みながら、
敗北を認めるその日までひたすら走り続ける羽目に陥る。
この抗争が作家の生み出す与太話ではなく、現実の出来事であるという証拠を挙げよう。
神林長平の代表作の一つである『戦闘妖精・雪風』から。

ワープロで書いたらきっと違う内容になるだろう。
『戦闘妖精・雪風』「Ⅶ戦闘妖精」

ワーカムで書いたらきっと違う内容になるだろう。
『戦闘妖精・雪風〈改〉』「Ⅶ戦闘妖精」

ことほど左様に、詐術はその書き変え作業を現実の紙面においても実行している。
事実上、文章は書き変えられており、今後も書き変えられ続ける。たとえ文字が変わら
なくとも、言語に感染することにより、読まれる内容は変貌していく。だからここでは、
一体何が変化を引き起こすのかと問うておくのが適当だろう。答えは無論、言葉自身が、
となる。

ここでの言葉は、記された文字だけには留まらない。言葉を生み出す作者を含み、言葉を読み出す読者を含み、あたりに満ちるテクノロジー群の総体を指す。特権的だと思われがちな作者の言葉というものさえも、肉体を超えて拡張される。本書所収の「栽培文」に登場する「言葉ポット」や長篇『帝王の殻』に登場するＰＡＢはもはや、ただ机の上に鎮座する文章支援装置ではなく、独立した肉体を持ち体の外部に切り離されたもう一個の自分と呼ぶべきものにさえ発展している。

この異形の発展は面白半分になされたものではなく、兵器としての必要に応じて選択されてきたものである。貝が自分の身を守るために自らの周囲に殻を形成し、いつしかその殻を含めて自己を既定し直さざるをえなくなるような事態がここでは起こる。

たとえば「被援文」において、わたしの思考パターンを学習しているワーカムは、仮想現実感（ＶＲ）が発展しなかった理由についてのアウトラインをこう示す。

「かつてのＶＲは個人的にクローズされた環境で使用された。個人的に閉鎖された体験は、夢と同じだ。それに対して生の体験とは、個人がクローズされた中で自己完結的に満足するものとは違う」

これに対するわたしの感想は、

「他人がこれを読んでもよくわからないだろうが、わたしには理解できた。これはわたしの考えの要点そのものだったからだ」

となる。

言葉は社会の中で活動しており、VRのように閉ざされた環境では十全に作用することができない。ネットワークに接続され、出版までの全工程の基盤をなすまでになっているワーカムはVRの敗北についてそう記す。これは当然、わたしの思考であるわけなのだが、同時にワーカムによる得体の知れない思考でもあり、両者を明瞭に区別するのは困難である。

閉じた言葉であれば対策は易い。手に負えなくなってしまえば無視して放置するという手だってある。しかし言葉はあくまでも社会の中に存在するのであり、閉じた言葉というものはもう言葉ではない。

そこに箱に入った言葉というものがぷかりと浮かんでいるならば、事態は面倒事を引き起こさない。わたしたちの似姿とも見え、同時に圧倒的に異物である言葉は、その輪郭さえ捉えられない奇妙極まる代物である。

だから「言葉を用いて言葉について書く」ことなどは決してできない。ただ言葉を書くことができるだけである。この単純な事実を熟知している神林長平は一貫して言葉を書き続けてきた。

その結果登場するのは抗争の結果生み出されてきた新型兵器の数々である。新型の言葉ということになり、社会を変えつつ、社会によって変貌を続ける言葉の姿だ。

『言壺』はそんな抗争の歴史に登場してきた兵器たちの一覧である。

一九九四年に本書は書かれた。

この本の内容が、十五年前から既に、出版の電子化を含む現在の社会状況を予見していたようにも読めることは、驚くにあたらない。それはただ言葉の性質を見つめるならば当然のなりゆきにすぎないからだ。「乱文」に記された文章の意味は、初出から十数年を経た今のわたしたちにはより踏み込んだ理解が可能だろう。

「ヒトは今回のネットワークによる闘争のために自己の操る個性の言葉を維持するだけで精いっぱいとなり、もはや他者にはその言葉は通用せず、そのうえその言葉を支えるのに必要なエネルギーの閾値を割ってしまうに及んで言葉自体が自己崩壊を始め、自分の言葉自体がわからなくなっていったのだ、これはそのヒト自体の個性の崩壊にほかならない」

ただしこの理解が、「神林文」に感染することにより得られたものであることを忘れるわけにはいかないだろう。誰も言葉から逃れることができない以上、神林長平がいつ何時言葉に屈し、ヒトへ宣戦を布告するのか、誰にも予想ができないからだ。あるいはもうなされているということだってなしとはできない。

何かに利用されることへ抵抗すること。既定の未来は既にここに書かれ終わった。

せめて備えよ。

初出一覧

「綺　文」〈中央公論　文芸特集〉一九八八年春季号
「似負文」〈中央公論　文芸特集〉一九八八年秋季号
「被援文」〈小説中公〉一九九三年五月号
「没　文」〈中央公論　文芸特集〉一九八九年春季号
「跳　文」〈小説中公〉一九九三年八月号
「栽培文」書き下ろし　一九九四年八月脱稿
「戯　文」〈小説中公〉一九九四年三月号
「乱　文」書き下ろし　一九九四年七月脱稿
「碑　文」書き下ろし　一九九四年七月脱稿

本書は、一九九四年十一月に中央公論社より刊行され、二〇〇〇年二月に中央公論新社より文庫化された作品を、再文庫化したものです。

オービタル・クラウド（上・下）

藤井太洋

二〇二〇年、流れ星の発生を予測するウェブサイトを運営する木村和海は、イランが打ち上げたロケットブースターの二段目〈サフィール3〉が、大気圏内に落下することなく高度を上げていることに気づく。シェアオフィス仲間である天才的ITエンジニア沼田明利の協力を得て〈サフィール3〉のデータを解析する和海は、世界を揺るがすスペーステロ計画に巻き込まれる。日本SF大賞受賞作。

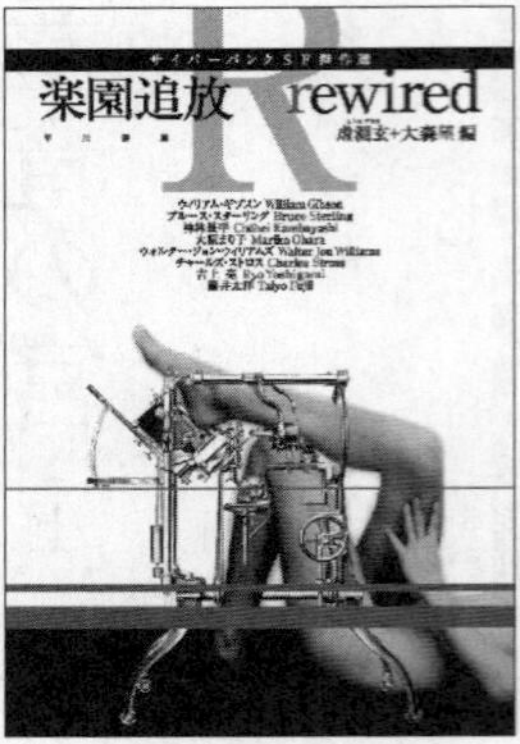

楽園追放 rewired

サイバーパンクSF傑作選

虚淵 玄（ニトロプラス）・大森 望編

劇場アニメ「楽園追放-Expelled from Paradise-」の世界を構築するにあたり、脚本の虚淵玄（ニトロプラス）が影響を受けた傑作ＳＦの数々——Ｗ・ギブスン「クローム襲撃」、Ｂ・スターリング「間諜」などサイバーパンクの初期名作から、藤井太洋、吉上亮の最先端作品まで、八篇を厳選して収録する。「楽園追放」の原点を探りつつ、サイバーパンク三十年の歴史に再接続する画期的アンソロジー。

ハヤカワ文庫

Boy's Surface

円城 塔

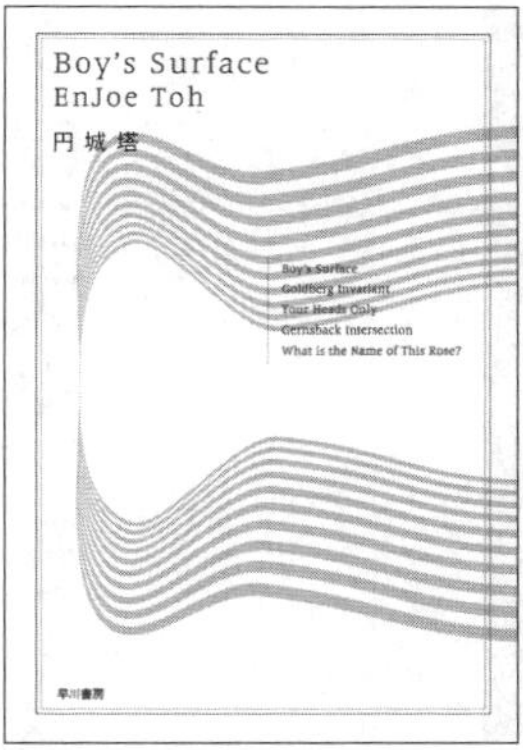

とある数学者の初恋を描く表題作ほか、消息を絶った防衛線の英雄と言語生成アルゴリズムについての思索「Goldberg Invariant」、読者のなかに書き出し、読者から読み出す恋愛小説機関「Your Heads Only」、異なる時間軸の交点に存在する仮想世界で展開される超遠距離恋愛を描いた「Gernsback Intersection」の四篇を収めた数理的恋愛小説集。著者自身が書き下ろした〝解説〟を新規収録。

ハヤカワ文庫

クロニスタ　戦争人類学者

柴田勝家

生体通信によって個々人の認知や感情を人類全体で共有できる技術〝自己相〟が普及した未来社会。共和制アメリカ軍はその管理を逃れる者を〝難民〟と呼んで弾圧していた。軍と難民の間で揺れる軍属の人類学者シズマ・サイモンは、訪れたアンデスで謎の少女と巡り合う。黄金郷から来たという彼女の出自に隠された、人類史を鮮血に染める自己相の真実とは？　遙かなる山嶺を舞台とする近未来軍事ＳＦアクション！

この空のまもり

芝村裕吏

強化現実技術により、世界のすべてに電子タグを貼れる時代。強化現実眼鏡で見た日本は近隣諸外国民の政治的落書きで満ちていた。現実政府の対応に不満を持つネット民は架空政府を設立、ニートの田中翼は架空防衛軍十万人を指揮する架空防衛大臣となった。就職を迫る幼なじみの七海を気にしつつも遂に迎えた清掃作戦は、リアル世界をも揺るがして……理性的愛国を実践する電脳国防青春ＳＦ

ヤキトリ1

一銭五厘の軌道降下

カルロ・ゼン

地球人類全員が、商連と呼ばれる異星の民の隷属階級に落とされた未来世界。閉塞した日本社会から抜け出すため、アキラは惑星軌道歩兵――通称ヤキトリに志願する。米国人、北欧人、英国人、中国人の4人との実験ユニットに配属された彼が直面したのは、作戦遂行時の死亡率が7割というヤキトリの現実だった……『幼女戦記』のカルロ・ゼンが贈るミリタリーSF新シリーズ、堂々スタート！

ハヤカワ文庫

僕が愛したすべての君へ

乙野四方字

人々が少しだけ違う並行世界間で日常的に揺れ動いていることが実証された時代――両親の離婚を経て母親と暮らす高崎暦は、地元の進学校に入学した。勉強一色の雰囲気と元からの不器用さで友人をつくれない暦だが、突然クラスメイトの瀧川和音に声をかけられる。彼女は85番目の世界から移動してきており、そこでの暦と和音は恋人同士だというが……『君を愛したひとりの僕へ』と同時刊行

ハヤカワ文庫

君を愛したひとりの僕へ

乙野四方字

人々が少しだけ違う並行世界間で日常的に揺れ動いていることが実証された時代——両親の離婚を経て父親と暮らす日高暦は、父の勤める虚質科学研究所で佐藤栞という少女に出会う。たがいにほのかな恋心を抱くふたりだったが、親同士の再婚話がすべてを一変させた。もう結ばれないと思い込んだ暦と栞は、兄妹にならない世界へと跳ぼうとするが……『僕が愛したすべての君へ』と同時刊行

ハヤカワ文庫

虐殺器官〔新版〕

伊藤計劃

9・11以降、〝テロとの戦い〟は転機を迎えていた。先進諸国は徹底的な管理体制に移行しテロを一掃したが、後進諸国では内戦や大規模虐殺が急激に増加した。米軍大尉クラヴィス・シェパードは、混乱の陰に常に存在が囁かれる謎の男、ジョン・ポールを追ってチェコへと向かう……彼の目的とはいったい？　大量殺戮を引き起こす〝虐殺の器官〟とは？　ゼロ年代最高のフィクションついにアニメ化

Cover Illustration redjuice

ハヤカワ文庫

ハーモニー〔新版〕

伊藤計劃

二一世紀後半、人類は大規模な福祉厚生社会を築きあげていた。医療分子の発達により病気がほぼ放逐され、見せかけの優しさや倫理が横溢する〝ユートピア〟。そんな社会に倦んだ三人の少女は餓死することを選択した――それから十三年。死ねなかった少女・霧慧トァンは、世界を襲う大混乱の陰に、ただひとり死んだはずの少女の影を見る――『虐殺器官』の著者が描く、ユートピアの臨界点。

Cover Illustration redjuice

ハヤカワ文庫

著者略歴　1953年生，長岡工業高等専門学校卒，作家　著書『戦闘妖精・雪風〈改〉』『猶予の月』『敵は海賊・海賊版』（以上早川書房刊）他多数

HM=Hayakawa Mystery
SF=Science Fiction
JA=Japanese Author
NV=Novel
NF=Nonfiction
FT=Fantasy

言壺

〈JA1037〉

二〇一一年六月十五日　発行
二〇一八年八月二十五日　三刷

（定価はカバーに表示してあります）

著者　神林長平
発行者　早川浩
印刷者　入澤誠一郎
発行所　株式会社早川書房

郵便番号　一〇一 - 〇〇四六
東京都千代田区神田多町二ノ二
電話　〇三 - 三二五二 - 三一一一（大代表）
振替　〇〇一六〇 - 三 - 四七七九九
http://www.hayakawa-online.co.jp

乱丁・落丁本は小社制作部宛お送り下さい。送料小社負担にてお取りかえいたします。

印刷・星野精版印刷株式会社　製本・株式会社フォーネット社

ISBN978-4-15-031037-0 C0193

本書は活字が大きく読みやすい〈トールサイズ〉です。